말년병장 이등병 되다!

7

[완결]

어반판타지 장편소설

FUSION FANTASTIC STORY

THE SERGEANT

ROKA 8rd
ARTILLERY BRIGADE

KB078162

청어람
도서출판

CONTENTS

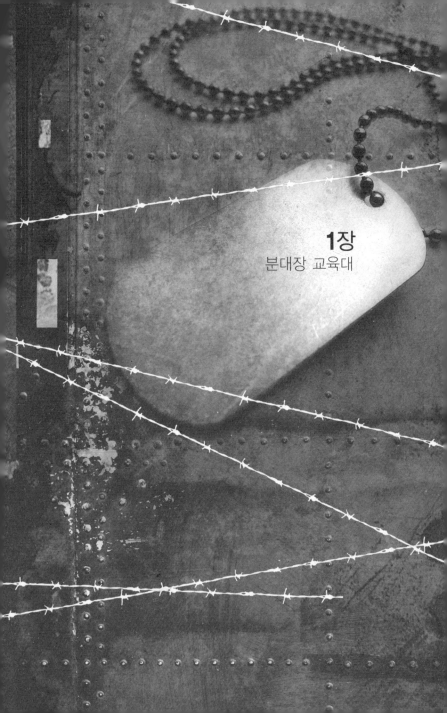

1장
분대장 교육대

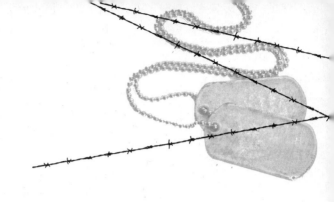

　"드디어 퇴소다⋯⋯!"

　훈련소 퇴소를 앞두고 두 주먹을 불끈 쥐어 보이는 한 청년의 이름은 바로 이근성.

　몇 주 전에 훈련소에 입소를 해서 고난의 훈련소 과정을 겪고 난 이후에 겨우겨우 이등병 마크를 달고 자대로 전입해 오게 된 이제 막 군인 초심자이기도 하다.

　짧은 머리에 다부진 체격, 사각형의 모서리처럼 각이 진 턱을 내세우며 훈련소 동기들을 향해 외친다.

　"나중에 휴가 나가면 꼭 연락해라!! 남자 아니냐!!"

　"그래! 꼭 연락해라!"

레토나에 탑승하기 전에, 마지막으로 훈련소 동기들과 뜨거운 우정을 나눈 이근성은 더블백과 군장을 레토나 안에 실으면서 뜨거운 눈시울을 손등으로 훔친다.

남자의 뜨거운 눈물.

얼마 전까지만 하더라도 서로 얼굴도 모른 채 지낸 타인이지만, 어느 순간부터 친구를 뛰어넘어 동료로서 자리매김한 이들과 헤어진다는 사실에 이근성의 마음을 후벼 판다.

이별은 언제나 사람의 마음을 후벼 파게 마련.

레토나의 선탑자 자리에 타고 있던 뚱뚱한 체격의 상병 하나가 혀를 차면서 말한다.

"임마, 사내자식이 질질 짜면 어떻게 하냐."

"죄, 죄송합니드아!!!"

뭔가 끝이 미묘하게 늘어지는 기운찬 목소리에 운전병이 한쪽 손으로 귀를 막는다.

"아따, 이 녀석. 귀청 떨어지겠다. 조용히 좀 해!"

"아, 알겠습니드아!!!"

"조용히 하랬잖아?!"

한눈에 봐도 무식해 보이는 놈인지라 레토나를 운전 중인 운전병, 이대팔 상병이 미간을 찡그린다.

선탑자 자리에 타고 있던 하나포 반장, 우매한은 반면 이대팔과 달리 이근성의 호쾌하고 직선적인 성격이 마음에 드는지 그의 태도를 옹호한다.

"남자가 그럴 수도 있지."

"엇, 하나포 반장님. 이런 타입의 병사를 선호하셨습니까?"

"그게 아니라 여러 타입의 사람이 있다는 것일 뿐이다. 쓸데없는 말 하지 말고 제대로 운전이나 해라."

"예! 알겠습니다!"

이대팔이 운전하는 레토나는 그렇게 123대대의 전방포대, 제1포대를 향해 나아가고 있었다.

"태풍!"

위병소에서 근무를 서고 있던 철수가 승주와 같이 근무를 서고 있었는지 신분검사를 위해 잠시 바깥으로 나오며 경례한다.

"부대 상황은 좀 어떤가?"

우매한의 질문에 철수가 고개를 절로 지어 보인다.

"여전히 행보관님의 작업에 난리통입니다."

"흠… 부대 이전한 지 얼마 안 됐으니까."

"그나저나 신병 왔습니까?"

철수가 슬쩍 레토나 뒤쪽으로 시선을 던지지만, 이대팔이 그런 철수를 향해 일침을 꽂는다.

"얌마, 기대하지 마라."

"무슨 일이십니까?"

"불안불안하다, 너네 신병."

"…설마……."

"너 같은 놈 하나 들어왔다."

이대팔의 말을 들은 철수가 도리어 의아한 표정으로 말한다.

"그럼 완전 에이스 아닙니까?"

"에이스는 개뿔! 폐급 중에서도 폐급이잖냐!"

"이대팔 상병님, 섭섭하게 그렇게 말씀하시는 겁니까?!"

"난 진실만을 토로했을 뿐이다."

"저번에 제가 사준 바나나맛 우유를 잊으셨지 말입니다?"

"…이 자식이, 그때는 그냥 선심으로 사준다고 해놓고서 이제와서 말을 바꾸네."

사소한 말싸움으로 왔다 갔다 하는 이들을 향해 우매한이 헛기침으로 대화를 단절시킨다.

"이도훈은 잘 출발했냐?"

이대팔과 신경전을 벌이고 있던 철수가 우매한의 질문에 곧바로 답을 한다.

"예, 방금 전에 출발했습니다."

"흠. 과연."

우매한이 고개를 끄덕이며 철수로부터의 보고를 마저 듣는다.

뒤에서 잠자코 듣고 있던 이근성이 아직 제대로 상황파악이 되질 않는 모양인지 침묵으로 일관하고 있는 모습이 철수의 시야에 들어온다.

"어이, 신병."

"이병! 이! 근! 스어엉!'"

특유의 끝이 늘어지는 발음으로 자신의 관등성명을 대는 근성을 향해 철수가 눈을 흘긴다.

"이름 그대로 근성 있는 녀석이면 좋겠다."

"근성 하나는 자신 있습니드아!"

"그러냐. 이도훈 이 녀석이 신병을 보고 갔어야 했는데."

아까부터 계속 언급되는 이도훈이라는 인물에 궁금증이라도 든 것일까.

근성이 어리둥절한 표정으로 되묻는다.

"이도훈이라는 분이… 누굽니까?"

"아, 녀석은 말이다."

철수가 아주 시원스러운 웃음을 선보이며 말한다.

"네가 소속될 분과의 차기 분대장이지. 그 덕분에 지금은 분대장 교육대로 파견 나갔다."

"…설마 여기를 다시 오게 될 줄이야."

더블백과 군장을 싸고 터벅터벅 어느 한 부대 앞에 선 이도훈이 질렸다는 표정으로 부대의 위병소 앞을 바라본다.

이곳은 이도훈이 퇴소를 했던 훈련소.

철수와 우매한을 처음으로 만난 장소이기도 하다.

"씨발, 분대장 교육대를 왜 이 훈련소에서 하는지 모르겠단 말이야."

욕지거리를 내뱉으며 오랜만에 성격이 폭발한 이도훈에게 일병 하나가 어색하게 웃으면서 말을 걸어온다.

"그러지 마시고 일단 들어가시지 말입니다."

"…그러는 게 좋겠지. 날도 더우니까."

이도훈과 같이 훈련소에 입소하게 된… 아니, 분대장 교육대에 입소하게 된 일병 이민석. 얼마 뒤에 전역할 통신분과 분대장인 최수민의 뒤를 이어 분대장을 달게 될 재목이기도 하다.

물론 분대장을 달아야 할 인물은 이도훈도 마찬가지. 한수의 뒤를 이어 이도훈도 분대장을 달아야 하기 때문에 이렇게 분대장 교육대로 파견을 나오게 된 것이다.

사실 이도훈도 잘 알고 있었다. 자신이 분대장을 달아야 한다는 것도, 그리고 분대장을 달기 위해서는 분대장 교육대에서 분대장에 관한 교육을 5일 동안 받아야 한다는 것도.

그래서 이 훈련소에 다시 오게 될 거라고는 이미 짐작하고 있었지만, 그래도 도훈이 있던 기존의 차원과 지금 있는 차원은 미묘하게 다르다.

아니, 피드백에 의해서 이제는 미묘라는 단어의 수준을 뛰어넘었다.

그래서 도훈은 혹시나 자신이 분대장을 안 달게 될 수도, 그리고 이번 훈련소가 아닌 다른 부대에 가서 대충 가라(정식이 아닌 설렁설렁 일을 진행한다는 의미)로 분대장 교육대를 형식상이나마 끝낼 줄 알았다.

하지만 이번에는 빼도 박도 못하게 저번 차원과 동일한 경우의 수가 발생한 것이다.

'피드백이 발생하려면 이때 발생하든가 하지. 개똥도 약에 쓰려면 없다더니만, 그 말이 사실이구만.'

그렇다고 피드백이 개똥이라는 것은 아니다. 대충 비유상 그렇다는 것일 뿐.

이민석과 함께 훈련소 안으로 들어가자, 위병소에서 대기 중이던 병사 하나가 이들을 향해 말한다.

"분대장 교육대 입소자입니까?"

"네."

"저 팻말을 보고 소연병장으로 가시기 바랍니다."

"감사합니다."

겨우겨우 도착한 소연병장. 123대대의 인원들은 대부분 여기 훈련소 출신이기 때문에 어렴풋이나마 건물 배치가 어떻게 되어 있는지 잘 알고 있다.

하지만 특수보직이기도 한 이민석은 불행하게도 이도훈과 같은 훈련소 출신이 아니다. 덕분에 도훈의 뒤를 따라 같이 터벅터벅 걸어가며 소연병장으로 집합을 하게 된다.

"123대대 제1포대가… 오, 여기군."

도훈이 알파포대 팻말 아래에 군장과 더블백을 내려놓는다. 뒤이어 민석 역시도 도훈과 마찬가지로 들고 왔던 짐을 풀어놓기 시작한다.

연병장에는 자신들과 마찬가지로 곧 분대장을 달게 될, 혹은 이미 분대장을 달고 있지만, 아직 분대장 교육대를 수료하지 못한 병사들이 각 부대별로 집합해 있다.

"이도훈 상병님, 이다음에는 뭘 하는 겁니까?"

"…일단 안에 있는 장구류 펼쳐놔라."

"잘 못 들었습니다?"

"장구류 말이다. 방독면 마스크라든지 수통, 이런 거 말이야."

"예, 알겠습니다!"

민석이 빠르게 행동을 개시한다. 이도훈으로서는 분대장 교육대가 처음이 아니기 때문에 앞으로 무엇을 할지도 안내를 받지 않고도 대략적으로나마 기억할 수 있다.

기억이 잘 안 날 것을 대비해서 오랜만에 꺼낸 기억 재생 장치도 가져왔으니까 말이다.

훈련소로 기억 재생 장치를 가져간다고 했을 때, 다이나가 노발대발을 하긴 했지만 그래도 이도훈의 화술에 넘어간 다이나는 결국 허락을 해줄 수밖에 없었다.

인과율 안전 수치 이내만 지키면 된다는 약속을 하고 나서 말이다.

"어디 보자……."

이도훈도 군장 안에 챙겨온 장구류들을 미리 바닥에 펼친

판쵸우의 위에 나열해 놓는다.

도훈이 알고 있는 미래의 기억으로는, 조만간 분대장 교육대를 책임질 조교들이 나타나서 분대장 교육대 입소에 필요한 물품들을 제대로 챙겨가지고 왔는지 검사할 것이다.

여기서부터 이미 분대장 교육대의 시련이 시작되는 것이다.

무시무시하게도, 제대로 물품을 챙겨오지 않은 인원은 자연스럽게 퇴소 처리되기 때문이다.

'무슨 복장 착용 제대로 안 한 예비군도 아니고…….'

도훈이 쓴웃음을 지으면서 슬슬 등장할 조교를 기다린다.

그 와중에…….

"어? 이도훈 아니냐?"

상당히 낯익은 목소리가 도훈을 부른다.

여기서 도훈이 알고 있는 사람이라고는 같이 분대장 교육대로 입소하게 된 같은 부대의 이민석뿐.

"…형!"

고개를 돌려 자신을 부른 병사의 정체를 확인하자마자 도훈이 반갑게 다가간다.

같은 훈련소에서 알고 지내던 연상의 동기. 그게 바로 정호찬이었다.

20대 후반에 입대했으며, 사회에서 이벤트 MC를 본업으로 삼던 그는 젊은 나이에 결혼을 했지만 군입대까지 피할 순 없었다.

"이게 누구냐. 진짜 이도훈이네."

"형도 잘 지냈어? 근데 여기는 무슨 일이야."

"여기 온 사람들이라고는 다 똑같은 이유 아니겠냐. 분대장 달려고 온 거지."

"형이 분대장 달아? 29살이면서."

"이 자식이, 벌써부터 노익장 취급하네. 아직 20대다."

정호찬은 사회생활을 하느라 군대 입대가 늦어진 케이스다.

게다가 결혼까지 한 유부남. 계급은 도훈과 같은 상병에 불과하지만, 나이상으로 따지면 거의 중사급에 달할 정도다.

"우리 분과에 분대장 달 적당한 사람이 나밖에 없어서 결국 이렇게 되었다."

"시기가 안 맞았나 보네."

"군번이 꼬이면 이렇게 되는 거지. 너는… 혼자 온 거 같지는 않네."

호찬이 슬쩍 민석을 향해 시선을 던지자, 민석이 거수경례를 하며 관등성명을 댄다.

"태풍! 일병 이민석!"

"아, 됐어요. 됐어. 어차피 타 부대끼리는 서로 아저씨인데 그렇게 격식 차리지 않아도 됩니다. 하하!"

"……."

민석이 슬쩍 도훈의 눈치를 보자, 도훈이 걱정하지 말라는 듯이 말해준다.

"너도 그냥 편하게 형이라고 불러. 일병 짬밥이면 타 부대 사람끼리는 아저씨라는 거 정도는 잘 알잖냐."

"예, 알겠습니다!"

도훈의 말을 곧이곧대로 받아들이는 민석의 모습에 호찬이 너털웃음을 터뜨린다.

"하하하! 젊음이구만, 젊음이야."

수다를 떠는 와중에, 분대장 교육대를 담당하게 될 빨간 모자 조교들이 스윽 분대장 교육대 입소자들의 준비물품을 상세하게 검사한다.

총 입소자는 121명. 그중에서 준비 소홀이라는 오명을 달고 1명이 훈련소 입소에 퇴짜를 맞게 되었다.

"우와… 진짜로 퇴소를 시켜 버리네."

호찬이 목소리를 죽이며 말하자, 도훈이 저럴 줄 알았다는 듯이 말한다.

"여긴 일반 자대도 아니고 훈련소니까. 말 그대로 FM의 기운이 똘똘 뭉쳐 있는 곳이잖아."

"하긴, 그렇긴 하지."

훈련소는 FM의 상징이다. 모든 것이 정석으로 돌아가고 모든 것이 규율과 규칙에 통제된다.

물론 그렇다고 전부가 그런 건 아니다. 하지만 타 부대 사람들, 혹은 훈련병 앞에서는 보여주기 형식이 있기 때문에 이들은 언제나 두려움의 대상으로 군림하고 있다.

'검사 절차만 했는데도 벌써부터 지치네. 역시 훈련소는 훈련소라는 건가.'

땡볕 아래에서 굵직한 땀 한 방울을 흘리며 도훈이 약간의 불만을 독백으로 늘어놓는다.

융통성이 전혀 없는 숨이 턱 막히는 곳, 훈련소.

이곳에 이도훈은 다시 입소를 하게 되었다.

개인물품 검사를 마치고 간단한 입소식을 끝낸 뒤 이들이 들어온 장소는 다름 아닌 허름한 구막사.

물론 제1포대에 있을 때에도 거기도 구막사이기에 도훈이라든지 민석의 경우에는 별다른 큰 불편함을 느끼지 못했다.

하지만 신막사를 사용하다 온 병사들은 구막사에 큰 불편함을 느낄 수밖에 없었다.

개인 침대가 있는 신막사에서 커다란 마룻바닥 하나로 통일된 구막사 생활을 하려니 절로 불평불만이 나오는 것은 자연스러울 것이다.

"하여간, 있는 놈들이 더한다니까. 그렇지 않습니까? 이도훈 상병님."

이민석이 목소리를 줄이며 도훈에게 동의표를 구해본다.

민석의 말이 맞다는 듯이 고개를 끄덕인 도훈이 혀를 절로 찬다.

"하지만 우리도 구막사 말고 신막사 생활을 하다가 여기 구막사 사용한다고 하면 저렇게 똑같이 불평 늘어놓을걸."

"그건 저도 동감이지 말입니다."

"그렇다 하더라도 신막사 쓰고 싶은 건 사실이지만."

도훈은 총 4년을 구막사에서 생활해야 할 운명에 처해 있는 불행한 사병이기도 하다.

신막사는 어떻게 생겼는지 실물로 구경조차 해본 적이 없다. 간혹 타 버라이어티 프로그램이라든지 군대 전용 채널에서 간혹 나오는 신막사 타 부대 촬영 장면을 통해서 간접적으로나마 접했을 뿐이지, 실제로 직접 본 적은 단 한 번도 없다.

"뭐, 어쩌겠냐. 그게 우리의 운명인데."

구막사 인생은 구막사 인생을 벗어날 수 없다. 오죽하면 분대장 교육대도 구막사니 말이다.

한편, 그 이야기를 곁에서 듣고 있던 호찬이 호쾌하게 웃으면서 말한다.

"신막사도 신막사 나름의 고충이 있다고."

"형 부대는 신막사야?"

"그래, 그것도 최첨단 시설이 구비된 신막사지. 싸지방(싸이버 지식 정보방)도 장난 아니야."

싸지방, 소위 말해서 싸이버 지식 정보방이라 불리는 컴퓨터 공간을 표현하는 단어다.

싸지방은 구경조차 못해본 민석이 눈이 휘둥그레진 얼굴

로 묻는다.

"싸지방이 실제로 존재하는 곳입니까?!"

"물론이지. 너희 부대는 싸지방 없어?"

민석이 고개를 절레절레 흔들며 싸지방이 없는 병사의 고충을 토로한다.

"없습니다요, 형님."

"이런 불쌍한 녀석들을 봤나… 하기야. 있어 봤자 뭐 사회에 있던 만큼 마음껏 컴퓨터를 하는 것도 아니니까 말이야."

"그래도 있고 없고는 큰 차이가 있는데… 하아. 우리 부대는 싸지방 안 생기려나."

가만히 듣고 있던 도훈이 피식 웃으면서 그런 민석을 향해 희망에 가득 찬 말을 던져준다.

"조만간 생길 거다."

"…잘 못 들었습니다?"

"이번년도 말에 생길 거라고, 짜샤."

"아니, 이도훈 상병님. 그걸 어떻게 압니까?"

"군인의 감이라는 거다."

사실 군인의 감도 뭐도 아니다. 이도훈은 미래의 기억을 가지고 있는 사람 아닌가. 자신이 앞서 해온 군 생활의 기억을 더듬어 살펴보면, 전방포대로 이전해 오고 나서 대략 3개월 정도의 시간이 지나고 나서 가건물로 싸지방을 하나 만들 예정인 셈이다.

그렇다고 싸지방을 만든다 해도 만들자마자 컴퓨터를 사용할 수 있는 건 아니다.

선을 따야 하고, 인터넷 공사도 해야 하는 등 시간이 매우 많이 걸려서 도훈으로서는 말년에 깔짝 하고 말았으니까 말이다.

하지만 민석의 경우에는 도훈보다 확실히 싸지방을 많이 이용할 수 있을 것이다.

다른 누구도 아닌, 군대 마스터라 불리는 이도훈의 말에 민석이 눈을 반짝이며 말한다.

"이도훈 상병님의 말대로 싸지방이 생기면 진짜 대박이지 말입니다!"

"어허, 생긴다니까 그러네. 고급 정보니까 어디 가서 떠들지 마라."

"예! 알겠습니다!"

고급 중에서도 초고급 정보라고 할 수 있다.

싸지방의 여부는 병사들에게 있어서 굉장히 중요한 사실이니까 말이다.

"뭐, 그건 그렇다 치고."

장구류를 정리한 호찬이 앞으로 5일간의 일정이 적혀 있는 분대장 교육대 안내 페이지를 바라본다.

"일단 가볍게 정신교육이구만."

"뭐, 어딜 가나 똑같지."

정신교육은 몸이 피곤해지는 다른 훈련과는 달리 몸이 편해지는 그런 과정이다.

하지만 부작용으로 정신력이 피곤해진다. 괜히 정신교육이 아니다.

생활관 문을 열고 등장한 빨간 모자의 조교가 분대장 교육생들에게 외친다.

"지금 즉시 교육생들은 막사 바깥으로 집합합니다, 집합!"

훈련병이 된 기분으로 돌아간 분대장 후보생들.

우르르 모여서 집합을 하자, 조교를 따라 성당으로 이동한다.

훈련소는 불교, 기독교, 그리고 천주교 이렇게 3개의 종교가 복합적으로 모여 있는 장소다. 특히나 천주교인들을 위한 성당이 제대로 구비되어 있는 곳은 이 근방에서 여기 훈련소가 그나마 괜찮은 편이다.

넓은 성당으로 들어서자, 기다리고 있었다는 듯이 중위 한 명이 검은 조교모를 쓰고 말한다.

"만나서 반갑다. 오늘부터 너희의 분대장 교육을 책임질 본 교관은 앞으로 정신교육을 담당하게 될 것이다. 잘 익혀두도록 해라."

조교라든지 빨간 모, 검은 모를 쓰고 있지만, 공교롭게도 여기는 유격이나 훈련병을 다루는 부대가 아니다.

훈련소이기는 하지만, 이미 알 만큼은 다 알고 있는 선임급 계급들이 모여 있는 분대장 교육대이기 때문에 교관이라든지 조교도 따로 뭐라 사소한 일로 목소리를 높이거나 하거나 그러지는 않는다.

그저 간단한 통제, 그리고 주의사항뿐.

"아, 그리고 이건 알아둬라."

교관이 지휘봉으로 칠판을 가리키며 말한다.

"분대장 교육대에서 우수한 성적으로 수료한 교육생에게는 포상휴가를 준다고 하더라."

"포. 상. 휴. 가!!"

경악에 물든 표정으로 교관의 말을 새겨듣는 교육생들.

분대장 교육대에 입소하기 전에 어영부영 성적이 좋으면 뭔가 좋은 게 떨어지는 거 아니냐 하는 장난식의 말을 듣거나 하긴 했지만, 그것이 실제로 벌어질 줄은 본인들도 몰랐던 것이다.

말 그대로 쇼크를 받은 얼굴로 교관을 바라보는 분대장 교육생들.

그 모습을 보던 교관이 피식 웃으면서 말한다.

"표정들을 보아하니 아마도 각 부대에서 통보를 받지 못했나 보구만. 너희 120명 중에서 1등과 2등, 그리고 3등은 각각 사단장님 표창장과 더불어서 4박 5일 포상휴가를 받으니까 잘해봐라."

"예! 알겠습니다!"

반 예비군 분위기를 풍기고 있던 분대장 교육대 교육생들의 목소리에 갑자기 패기가 곁들어지기 시작한다.

마치 처음 입소했을 때의 그런 훈련병의 자세라고 할까.

반면, 도훈은 이럴 줄 알았다는 듯이 혀를 찬다.

자신만이 알고 있던 고급 정보, 즉 성적 우수자에게는 포상 휴가를 준다는 고급 정보가 저 정신교육 교관의 입에 의해 이미 고급 정보가 아니게 되어버렸다.

'쓸데없이 경쟁자만 늘겠구만.'

이미 도훈은 훈련소 우수 수료 교육생을 꿈꾸고 있었다. 하지만 이렇게 된 이상 정상의 자리를 노리게 되는 건 매우 힘든 일이 되어버린 셈이다.

하지만 반면에 일찌감치 포기하는 사람도 있다.

설마 내기 1등이 되겠나?

120명이나 되는데, 그 많은 사람 중에 어떻게 탑 3 안에 드냐?

이런 식으로 부정적인 시각으로 바라보며 일찌감치 GG(Good Game) 선언을 하는 병사도 꽤나 많이 보인다.

그중에서는 물론 이민석도 포함이었다.

"어휴… 저 많은 경쟁자를 뚫고 상위권에 진입하는 건 아무리 생각해도 무리지 말입니다."

"얌마, 벌써부터 포기하면 어떻게 하냐. 근성 없는 놈일세."

"그야 이도훈 상병님은 충분히 노려보실 만하니까 그런 말씀 하시는 겁니다. 군대 마스터이지 않습니까?"

"나보다 더 뛰어난 놈이 있으면 나도 딱히 뭐라 할 말은 없지."

말은 그렇게 하지만, 이미 도훈의 목표는 1등이다.

군 생활만 3년차인데, 여기서 1등을 노리지 않을 이유가 뭐가 있겠는가.

그리고 예상외의 인물도 상위권을 노리는 중이었다.

"이번 휴가는 반드시 따야겠어……."

혼잣말로 중얼거리는 호찬의 말을 들었는지 민석이 슬쩍 물어본다.

"형님도 미리 쟁여놓은 휴가 같은 거 없으십니까?"

"그렇게 되었다."

쓴웃음을 지어 보이는 호찬이 도훈에게 슬쩍 팔꿈치로 옆구리를 쿡 찔러본다.

"같은 상위권 노리는 동기끼리 잘해보자."

"형이라고 안 봐준다고."

"어허. 누가 봐달랬나. 살살 하라는 뜻이야."

벌써부터 이들의 신경전이 시작되었는지, 정신교육 시간에는 점수를 따내기 위해 초롱초롱한 눈망울을 빛내는 병사들로 북적이고 있었다.

정신교육을 마치고 저녁을 간단하게 먹은 이후, 가볍게 청소구역을 정하고 첫날의 저녁점호를 맞이하게 된 이들.

같은 생활관, 그리고 같은 조에 속하게 된 호찬과 제1포대 인원들은 옹기종기 모여 앉아 저녁점호가 시작되기만을 기다린다.

그 와중에, 도훈의 머리에 뭔가가 스치고 지나가는 듯 아이디어가 떠오른다.

"잠시 화장실 좀."

점호가 시작되기 아슬아슬한 시각에 잠시 자리를 비운 도훈이 주머니 속에서 몰래 챙겨왔던 기억 재생 장치를 꺼낸다.

그리고 정확히 오늘 날짜 기억이 저장되어 있는 파일을 재생시켜 보는데.

"…과연, 그렇구만."

역시 도훈의 예상대로였다.

오늘 일석 점호에 벌어질 일들이 도훈이 얼핏 기억하고 있는 순번대로 이뤄지기 시작한 것이다.

"다이나에게 졸라서 기억 재생 장치를 가져온 게 어떤 의미로 정답이었군."

빌려올 당시에는 꽤나 원망 섞인 목소리를 듣긴 했지만, 그래도 빌려왔으니 뽕을 뽑아야 하지 않겠는가.

이걸 가지고 있으면 남들보다 앞서갈 수 있다. 물론 그 앞서간다는 의미는 실로 간단하다.

다시 화장실에서 생활관으로 복귀한 이도훈이 남들이 옹기종기 모여서 TV를 관람하고 있을 때, 나홀로 조용히 관물대 정리에 임한다.

그 모습을 지켜보고 있던 민석이가 이해가 안 간다는 듯이 말한다.

"이도훈 상병님, 갑자기 관물대 정리는 왜 하시……."

말을 이어가지 못한 것은 도훈이 황급하게 민석의 입을 막아버렸기 때문이다.

"임마, 조용히 해라. 괜히 다른 사람들에게 들키게 하지 말고."

"관물대 정리가 왜 그렇게까지 비밀스러운 행동인 마냥 말씀하시는 겁니까?"

"잔말 말고 내가 하라는 대로 해라. 너도 관물대 정리해. 모포 각도 잡아두고."

"…모포 각까지 말입니까? 그건 너무 오버 아닙니까. 자대에서도 안 하던 것을……."

"어허, 일단 하라니까. 이 선임만 믿고 따라와라. 신세계를 보여줄 테니."

도훈이 하는 말의 의도가 무엇인지 도저히 감을 잡을 수 없는 민석이었지만, 그래도 선임이 하라는데 해야지, 안 할 수도 없는 노릇이다.

어쩔 수 없이 도훈이 시키는 대로 남들에게 들키지 않게끔 은밀하게 관물대 정리에 임하는 민석.

"일석 점호 10분 전입니다."

그때, 빨간 모를 쓴 조교가 생활관 내부로 들어오면서 교육생들을 바라본다.

아니, 정확히 말해서 교육생들의 관물대를 바라본다.

이윽고 조교가 도훈의 관물대 앞에서 발걸음을 멈추게 되는데.

"교육생."

"예."

조교가 이도훈을 향해 묻는다.

"관등성명이 어떻게 됩니까."

"상병 이도훈입니다."

"상병 이도훈… 123대대 제1포대 소속 맞습니까."

"예."

"교육생은 관물대 정리 우수로 상점 부여하도록 하겠습니다."

"감사합니다!!"

도훈이 두 주먹을 불끈 쥐면서 우렁차게 외친다.

"옆에 있는 교육생 관등성명도 댑니다."

"예! 일병 이민석입니다!"

"같은 포대 소속이라… 교육생도 똑같이 상점 부여하도록 하겠습니다."

"가, 감사합니다!"

조교의 눈썰미로 인해 순식간에 상점을 부여받게 된 123대대 제1포대 소속 인원들.

이 광경을 보고 있던 교육생들이 부랴부랴 관물대를 정리해 보지만, 이미 떠난 버스다.

"교육생들도 관물대 정리 철저히 하면 본 조교가 상점 부여할 수 있도록 하겠습니다."

라는 말을 하면서 그대로 슝 생활관 바깥으로 나가 버린다.

상점 제도.

분대장 교육대에서 성적 우수자를 뽑기 위해 마련한 일종의 제도이며, 상점은 한마디로 가산점과 같은 존재라고 할 수 있다.

가산점, 즉 상점을 많이 받게 되면 그만큼 성적 우수자로서 탑 3 안에 들 가능성이 매우 농후해지는 것은 굳이 말할 필요도 없는 사실.

첫날부터 가볍게 관물대 정리 밑 모포 정리 등으로 인해서 상점을 1점씩 획득한 도훈과, 어부지리로 도훈이 시키는 대로 했을 뿐인데도 상점을 얻게 된 이민석의 활약 덕분에 순식간에 생활관 내부 교육생들은 대충 어떤 식으로 상점을 부여하게 되는지 눈치를 챌 수 있었다.

군대 생활의 모범이 되는 자.

그리고 규율과 규칙을 잘 지키는 자.

마지막으로…….

눈치가 빠른 자.

이렇게 3개의 임무를 잘 수행하는 자만이 이번 분대장 교육대에서 우수한 성적을 거둘 수 있으리라.

일석 점호 시작 전, 침상마루 경계선에 나란히 걸터앉은 교육생들.

도훈의 옆에 자리를 잡은 호찬이 놀랍다는 식으로 말한다.

"어이, 이도훈 씨. 눈치가 아주 장난이 아니구만?"

"형도 상점 욕심내고 있어?"

"나야… 이번에 휴가를 나가고 싶으니까. 그래서 그런데, 정보 같은 거 알면 우리 서로 공유 안 할래?"

호찬이 도훈과 민석에게 연합 제안을 해온다.

어차피 4박 5일 포상휴가를 받을 수 있는 인물은 총 3명. 나란히 도훈과 민석, 그리고 호찬이 받으면 만사 오케이다.

게다가 도훈으로서는 군대 관련 지식은 당연히 남들보다 많을뿐더러, 이렇게 기억 재생 장치를 활용하면 언제, 어느 순간에 조교 혹은 교관이 상점을 주러 오는지에 대해 미리 알 수 있다.

상위권은 충분히 노려볼 만하다는 게 바로 이도훈의 생각.

하지만 과연 정보를 공유할 필요가 있을까?

도훈은 애초에 민석에게도 정보를 알려줄 생각은 없었다.

하지만 전우애라는 게 있지 않은가. 팔은 안으로 굽는다고 했던가. 기왕 알고 있는 정보, 같은 자대에서 활약하고 있는 후임에게 전수해 주면 좋다는 생각에 무심코 관물대 정리를 권유한 것이다.

"흐음……."

고민을 하기 시작하는 도훈의 모습에 호찬이 빠르게 도훈의 심정을 눈치챘다.

도훈으로서는 정보 공유를 안 하는 편이 오히려 좋다. 왜냐하면 정보는 남들에게 많이 알려지면 알려질수록 그만큼 가치가 떨어지니까 말이다.

그렇다고 정보를 공유하지 않을 생각도 없다.

전우애.

알게 모르게 나눔의 정이라는 게 있지 않은가.

"…그럼 다른 사람 몰래 하는 거야."

"당연하지."

호찬이 두말할 필요가 없다는 듯이 고개를 끄덕인다.

민석이도 처음에는 자신의 실력과 짬으로 무슨 상위권을 노리겠느냐 했지만, 이도훈과 함께라면 문제없다는 사실을 알고 연합에 꼽사리를 끼게 된다.

한편.

도훈이 자리를 비운 사이, 123대대 소속 제1포대는 오늘도 평화로운 나날을 보내고 있다.

아니, 평화롭게 여전히 제초 작업에 임하고 있다.

"이런 씨발!!!"

울타리에서 한창 풀을 뽑고 있던 이대팔이 성질이 뻗히는지 들고 있던 풀더미들을 던지면서 외친다.

"언제까지 풀이나 뽑고 있어야 해! 덕분에 팔에 풀독 올랐잖아!"

"이대팔 상병님, 저도 풀독 올랐습니다."

철수의 두꺼운 팔뚝에도 빨간색으로 알록달록 장식되어 있었다.

그렇다고 긴 팔을 입고 하자니 날은 또 덥고.

옆에서 묵묵히 풀을 뽑고 있던 승주가 이마에 송골송골 맺힌 땀방울을 훔치면서 말한다.

"대기기간인 신병이 부럽습니다."

"임마, 너도 얼마 전까지만 하더라도 신병이었던 주제에."

승주는 철수나 도훈과 다르게 이제 막 신병티를 벗어날 무렵에 빠른 타이밍으로 후임을 받게 되었다.

이근성이라고, 무식하게 생긴 놈이지만 힘 하나는 잘 쓸 거 같은 놈이다.

남우성 다음으로 상남자 스타일이라고 할까. 하지만 어리바리한 탓인지 말귀를 잘 못 알아듣는다.

"그런 인력을 생활관에 가만히 썩히고 있어야 하다니. 인력 낭비다, 진짜."

이대팔이 여전히 투덜거리면서 제초 작업에 임한다. 투덜거림 하면 아마도 포대… 아니, 전 대대를 통틀어 이대팔을 능가할 만한 사람이 없을 것이다.

"그나저나 이도훈은 언제 온다냐?"

한창 풀을 뽑고 있던 이대팔이 마침 도훈이 생각이 났는지 철수에게 넌지시 질문을 던진다.

행보관에게도 작업의 신이라는 타이틀을 물려받을 만한 후계자가 생겼다는 소리를 들을 정도로 도훈의 작업 실력은 이로 말로 다 표현할 수 없을 정도로 환상적이다.

본래 작업이라는 것은 그동안 쌓여 있는 짬을 통해서 노하우로 흘러나오는 거 아니겠는가.

사병 생활만 3년차인 이도훈이기에 웬만한 병장보다도 작업 실력은 우수한 편이다. 공병도 이도훈에게 혀를 내두를 정도니까 말이다.

돼지풀 하나를 막 뽑아 든 철수가 뜨거운 태양 아래에 이대팔의 질문에 답을 한다.

"4일 뒤면 올 겁니다."

"무진장 늦게 오네. 원래 분대장 교육을 그렇게까지 오래 했나?"

"듣자 하니 5일이라는데 말입니다."

"하아, 나도 이 더운 날에 분대장 교육대 가서 망고 좀 빨고 왔으면 좋겠는데."

"갈 때 같이 가시지 말입니다."

"이제 막 상병 1호봉 새끼가 벌써부터 땡고 빨려고 하냐? 잔말 말고 풀이나 뽑아라."

알파 포대 내에서는 이처럼 분대장 교육대를 간 인원들이 오히려 더운 날씨 속에서 행보관의 살인적인 스파르타 작업 지시를 피해 놀러 갔다는 인식이 매우 강하게 박혀 있는 상황이다.

하지만…….

그건 직접 당사자가 아니면 모르는 것이다.

"헥헥헥……."

분대장 교육대에 입소한 교육생들은 난데없이 산행길에 오르게 되었다.

그리 높은 산은 아니지만, 풀이 한창 우거져 있는 곳.

조금만 앉아 있어도, 손톱만 한 개미들이 군복 바지를 기어다닐 정도로 자연친화적인 그런 장소에 교육생들을 모아놓은 교관이 선글라스를 착용한 채 모습을 드러낸다.

"여기서 너희가 배울 것은 바로 분대 통솔에 관한 교육이다."

보병부대가 주로 받는 교육으로서, 분대 단위로 사주를 경계하면서 이동하거나 아니면 독도법으로 목표 지점을 찾아가는 등 병기본의 가장 기초가 되는 훈련이기도 하다.

하지만 문제가 있다면…….

"아니, 포병인데 왜 이런 교육을 받아야 하는 겁니까."

이민석이 작게 도훈에게 투덜거리기 시작한다.

이들은 견인곡사포 포병. 단독으로 분대 단위를 통해 정찰을 나갈 이유도 없고, 나갈 일도 없다. 포가 없으면 이들은 움직이지 못할뿐더러, 포가 파괴되었다는 뜻은 곧 이들의 목숨도 없다는 것을 의미하니까 말이다.

한마디로 보병부대 이외에는 그다지 도움이 안 되는 교육이라 할 수 있다.

그러나 어쩌겠는가. 군대가 본래 보여주기식이거늘.

우리나라 공교육의 주입식 교육보다도 더 문제가 있는 융통성 없는 교육 방식에 혀를 내두르는 교육생들이었지만, 이들이 커다란 불평불만을 토로하지 못하는 건 다름이 아니다.

"……."

열심히 설명에 임하는 교관의 바로 옆에서, 점수 체크판을 들고 서 있는 조교가 교육생들의 눈에 들어왔기 때문이다.

빨간 모자를 쓴 채 얼마나 교육 태도가 좋은지 체크하고 있는 것으로 보인다.

"무섭구만… 저 조교."

호찬이 가볍게 혀를 차면서 말한다.

졸거나, 아니면 제대로 집중을 안 하면 그대로 관등성명을 대라는 질문과 함께 과감히 벌점이 부여된다. 즉, 가산점인 상점과는 반대로 마이너스 점수인 셈이다.

벌점이 쌓인다 해도 별다른 페널티는 없다. 다만, 각 부대에게 불명예만 안겨줄 뿐이다.

이들은 분대장 교육이라는 명목하에 한자리에 모였을지 모르지만, 각 부대를 대표해서 나온 인물들이기도 하다.

만약 여기서 좋지 않은 이미지를 보여준다면, 백 퍼센트 부대에 있는 간부들의 귀에 들어가게 될 테고, 어마어마하게 깨질 것이다.

그래서 쉽사리 벌점을 받는 것도 괜시리 꺼려지는 상황이다.

상점을 미리 확보해 두면 벌점을 받든 말든 일단 안전 보험을 들 수 있다.

그래서 이렇게 다들 상점을 받기 위해 눈빛을 초롱초롱 빛내는 것이다.

물론 그중에서는 이미 나 몰라라 포기한 교육생도 있다. 그런 병사는 예외로 두고, 이미 이들의 상위권 경쟁 눈치 싸움은 시작된 것이나 다름없다.

한창 교육을 하던 와중에, 5톤 트럭이 덜컹거리면서 비포장도로를 달려온다.

선탑자 자리에서 내린 원사 한 명이 뒤에 타고 있던 이들을 향해 외친다.

"물 조심해서 내리고, 저쪽에 갔다 놔라."

"예! 행보관님!"

병사들이 정수기통을 들고 구석 쪽으로 낑낑거리며 옮기기 시작한다.

그 모습을 자세히 보던 도훈의 눈빛이 순간 날카롭게 변한다.

"저분은……!"

도훈과 철수가 훈련병이던 시절, 자신들의 중대를 도맡았던 행보관이었다.

때마침, 물도 오고 그랬으니 교관이 교육생들에게 잠시 쉬라는 명령을 내린다.

그때를 노려, 도훈이 자리에서 일어선 뒤에 행보관을 향해 찾아간다.

"태풍! 123번 훈련병, 이도훈! 오랜만입니다, 행보관님!"

"…아니, 이게 누구냐."

도훈이 거수경례를 하며 행보관에게 다가가자, 훈련소 행보관이 허허 웃으면서 거수경례를 받아준다.

"군대박사 아니냐."

"지금은 군대 마스터라 불리고 있습니다."

"요 녀석 봐라? 날이 갈수록 계급에 따라서 별명도 진급을 하는구만. 하하하!"

행보관이 오랜만에 도훈을 만나서 기분이 좋아졌는지 호쾌하게 웃으면서 연신 도훈의 어깨를 두드려 준다.

훈련소 행보관은 도훈에게 특별한 사람이기도 하다.

우매한과 숙영 훈련에서 밤새 오기 시작한 폭우를 맞대응하기 위해 삽 한 자루를 들고 열심히 싸우던 바로 그 새벽.

훈련소 행보관은 도훈의 인물됨을 일찌감치 알아보고 조
교 지원을 제안했었던 인물이다.

어떤 의미로 도훈에게 스카우트 제의를 최초로 제안했던
인물로는 사단장도, 군단장도 아닌 훈련소 행보관이라는 의
미이기도 하다.

"그래, 여기 온 거 보니까 분대장 달 짬인가 보구만."

"예, 벌써 그렇게 되었습니다."

"허허… 엊그제만 하더라도 훈련병 나부랭이었던 녀석이
벌써부터 상병이라고? 시간 참 빠르구만."

행보관이 담배를 꺼내 문다. 그와 동시에 슬쩍 담뱃갑을 내
민다.

"한 대 필랴?"

"금연 중이기는 하지만… 행보관님께서 주시는 거라면 피
겠습니다."

"어허, 이 녀석 봐라. 그 아첨 떠는 건 여전하구만."

"이게 다 군대에서 배운 스킬 아니겠습니까."

훈련소 행보관에게 받은 담배 하나에 불을 붙이고 입에 문
다.

연기를 주욱 내뱉은 훈련소 행보관이 도훈을 향해 말한다.

"그래, 내 여기 훈련소에 있으면서도 너에 관한 일화는 종
종 듣고 있다."

"…소문이 훈련소까지 퍼졌습니까?"

"그래, 녀석아. 군단장의 총애를 받고 있는 사병이라고 아주 소문이 자자하더니만. 이거, 나도 너한테 잘 보여야 하는 거 아니냐."

"그런 말씀 하지 마시기 바랍니다, 행보관님. 그냥 소문이 과대하게 포장된 것일 뿐입니다."

"하지만 군단장님의 총애를 받고 있다는 건 사실 아니냐?"

"……."

"내 다 들었다. 군단장님뿐만 아니라 사단장님한테도 간부 지원 제안을 받았다고?"

"…예."

"그래, 지원할 거냐?"

"솔직히 고민 중입니다."

"고민할 이유가 뭐가 있다고? 그렇게나 군대가 싫으냐?"

"다른 요인으로 좀 고민하고 있습니다."

"흐음……."

쉽사리 진로를 결정할 수 있는 결단력.

아직까지 도훈은 그 점이 부족하게 느껴졌다.

"그래, 간부 지원이든 뭐든 천천히 생각해 봐라. 어차피 니 인생이니까."

훈련소 행보관이 냉수 한 잔을 들이켜며 말한다.

그 말을 듣던 도훈이 얌전히 고개를 끄덕인다.

누가 뭐라고 해도 이건 도훈의 인생이다.

도훈이 알아서 해야 할 노릇. 그렇기에 행보관의 말에 뭐라 토를 달지 못하는 것이다.

"여하튼 자대 가서도 잘 생활하는 거 같으니까 기쁘구만. 우매한도 잘 지내냐?"

"예, 너무 잘 지내서 탈입니다."

"그 말뜻은, 여전히 고지식하고 융통성이라고는 눈곱만큼도 없는 녀석이란 뜻이구만."

"부정하진 않겠습니다."

도훈이 피식피식 웃으면서 하는 말에 행보관 역시 너털웃음을 터뜨린다.

사람은 쉽게 변하지 않는 법이다.

그건 우매한 역시도 마찬가지이리라.

"여하튼 분대장 교육대에서도 잘해봐라. 내가 굳이 이런 말 안 해도 너니까 충분히 알아서 잘하겠지. 안 그러냐?"

"하하하! 행보관님, 그걸 진심으로 말씀하시면 섭합니다."

도훈이 자신감 넘치는 표정으로 행보관을 향해 대답한다.

분대장 교육대에서 우수한 성적을 받을 자는 이도훈.

단 한 사람뿐일 테니까.

"지금부터 1분대씩 조를 짜서 움직이도록 한다. 조교 혹은 교관의 시야를 피해서 목적지까지 도달할 것. 그게 오늘 너희가 할 일이다. 알겠나."

"예! 알겠습니다!"

교관의 말에 따라 외부로 실습을 나온 인원들이 실습 준비를 하기 위해 분주히 움직인다.

"그리고 위장도 철저히 할 것!"

"…예!"

잠시 뜸을 들이는 병사들.

그도 그럴 것이, 이 더운 날씨에 위장크림이라니. 게다가 시중에서 파는 싸재 위장크림도 아니고 돼지기름이 더벅더벅 굳은 채 만들어진 바로 그 위장크림이다.

한번 바르면 피부가 비명을 지른다는 위장크림을 하나씩 받아 든 교육생들의 표정이 급격하게 안 좋아지기 시작한다.

"이걸 꼭 발라야 하나……."

호찬 역시도 그다지 바르기 싫어하는 얼굴을 한다.

추운 겨울 날씨에도 바르기 싫은 것을 여름에 바르려고 하니까 죽을 맛인 것이다.

그러나 하라면 해야 하는 게 바로 군대 아니겠는가.

어쩔 수 없이 덕지덕지 위장크림을 바르기 시작하는 교육생들. 하지만 그렇다고 열의와 성의를 다해 바르지는 않는다.

어차피 위장이라는 게 다 그거 아닌가.

각자 부대마다 정해져 있는 위장 순서에 맞춰서 위장을 시작한다.

참고로 도훈과 민석이가 속해 있는 123대대의 경우에는 가로줄로 검은색, 갈색, 녹색으로 지정되어 있다.

위장크림을 바르기 시작한 민석이 대충 안면 위에 바르고 나서 위장크림 안에 붙어 있는 작은 손거울을 이리저리 돌려본다.

"이 정도면 되지 말입니다."

민석이 질문을 하지만, 도훈의 귓가에 그의 질문이 들려올 일은 없었다.

왜냐하면.

"헉……!"

도훈의 모습을 보자마자 민석이 신음을 토해낸다.

도훈의 얼굴뿐만이 아니라 목 부근, 손등과 손목, 손가락 주름 사이사이까지, 심지어 귓등과 볼까지 위장되어 있는 게 아닌가!

말 그대로 외부에 노출된 피부를 전부 위장크림으로 바른 도훈을 보며 같은 실습조인 민석과 호찬이 침음성을 토해낸다.

이게 말로만 듣던…….

완전위장!

"이, 이도훈 상병님… 그건 좀 과하게 한 게……."

"이 멍청아! 어제 저녁에 했던 우리들의 도원결의를 잊었냐?"

뜬금없이 도원결의까지 언급하면서 열변을 토해내기 시작하는 도훈.

"호찬이 형도 그래. 내 말 그대로 따라하면 상점을 얻을 수 있다고 했잖아."

"야… 설마, 그런 위장으로 상점을 얻을 수 있다는 거야?"

"당연하지. 나만 믿으라니까 그러네."

아무리 생각해도 귓속까지 위장하는 것은 좀 오버가 아닌가.

아니, 그리고 위장을 이리도 열심히 한다 해도 과연 조교들이 알아봐줄 수 있을지도 모른다. 괜히 더운 날에 헛고생 아닌가 하는 생각이 들 정도로 도훈의 위장은 실로 완벽에 가까웠다.

하지만.

"좋아, 나도 네 뒤를 따르겠다!"

"호찬이 형?!"

민석이 호찬의 결심에 말도 안 된다는 듯이 외친다.

실로 어리석은 짓이다. 더운 날씨 속에서, 그것도 땀이 줄줄 흐르는 날씨에서 돼지기름으로 완전무장을 하겠다니.

이건 뭐 세안제로 얼굴을 씻으면 위장이 지워진다는 그런 수준을 뛰어넘었다. 샤워라도 하지 않는 이상 지워내기 힘들 정도의 위장에 민석은 거부반응을 가질 수밖에 없었지만, 이내 상점이라는 유혹을 떨쳐내기는 힘들었다.

게다가 선임급 두 명이 하지 않는가.

여기서 자기 혼자 깔끔 떠는 척했다가는 사나이의 자존심이고 뭐고 없다.

"…저도 따르겠습니다!"

돼지기름을 들고 위장크림을 한 움큼 퍼 그대로 목 부근에 바르기 시작한다.

촉감은 말 그대로 최악이지만, 그렇다고 도훈의 노고를 무시할 수는 없었다.

결국 위장크림으로 무장한 이들.

하지만 도훈은 아직 더 남았다는 듯이 외친다.

"방탄 헬멧을 준비하도록!"

"또 무엇을 하시려는 겁니까?!"

"바로 이거다!"

근처에 있던 기다란 풀들을 모조리 꺾어 뽑아 든 도훈이 하이바에 꽂아 넣기 시작한다.

수십 갈래의 풀들을 꽂은 도훈의 하이바는 말 그대로 왕관처럼 보일 정도였다.

"이, 이건……!"

민석이 믿을 수 없다는 듯이 도훈의 방탄모를 바라본다.

저 근처에 숲 속으로 방탄모를 던지면, 절대로 찾을 수 없을 정도로 철저하게 풀들로 위장된 방탄모!

수십 갈래의 푸른빛이 방탄모 주변을 맴돌고, 적절하게 풀처럼 보일 정도로 일정한 간격을 유지해 있다.

어쩜 이리도 아름다운 위장형 방탄모가 다 있을까.

민석은 황홀함까지 느낄 정도의 기분이었다.

"이게 바로 위장의 끝이라고 할 수 있다."

도훈이 이 둘 앞에 선보인 방탄모의 자태에 둘은 할 말을 잃고 만다.

세상에.

이렇게나 완벽하게 위장 모드 방탄모를 만들 수 있는 군인이 몇이나 될까. 누가 보면 방탄모 위장만 근 6개월 동안 전문적으로 배운 사람이 아닐까 하는 착각마저 들게 만들었다.

"이민석! 그리고 호찬이 형! 내가 무슨 말을 할지 충분히 알고 있지?"

"지금 당장 풀 뽑아 오겠습니다!"

"나, 나도!"

민석이 거수경례를 하면서 후다닥 수풀 속으로 뛰어든다. 호찬 역시도 마찬가지.

이렇게 도훈이 속한 실습조는 점점 위장의 대가 반열로 들어서고 있었다.

이렇게 해서 완전무장을 한 3인.

독도법을 통해서 간단하게 숲 속을 통해 목적지에 도달한다.

도훈이 속한 조가 마지막이었기 때문에 이들이 도착을 했을 때는 모두가 도훈의 실습조가 오기만을 기다리고 있었다.

하지만 도훈과 일행들이 도착했을 때에는, 병사들의 탄식이 이들을 맞이하고 있었다.

"허얼……!"

"저, 저건……!"

위장이라는 게 뭔지 견본을 보여주는 듯한 3인의 모습.

놀랍다 못해 경이로움마저 들 정도로 완벽한 위장에 조교들도, 그리고 교관 역시도 놀란다.

"거, 거기 3명!"

"상병 이도훈!"

"상병 정호찬!"

"일병 이민석!"

"위, 위장 우수로 상점 부여하겠다!"

"감사합니다!!!"

이건 상점을 안 주려야 안 줄 수가 없다.

도훈의 기교가 섞인 플레이라고 할 수 있지만, 솔직히 말해서 위장이 너무 대단하다.

어쨌든 도훈의 지시에 의해 위장만으로 벌써부터 상점을 두 번이나 얻게 된 도훈과 민석, 그리고 뒤늦게나마 합류해 상점 하나를 챙기게 된 호찬.

"역시… 이도훈 상병님이십니다!"

민석이 무한 신뢰를 담은 눈빛으로 도훈을 바라본다.

철수가 도훈을 볼 때의 시선과 동일하다.

특히나 훈련소에 있었을 때.

이도훈은 훈련소 동기들에게 군대 박사라는 별명을 얻으

면서까지 최강 훈련병으로 군림한 적이 있었다.

다시 그때의 기분을 돌아간 듯한 생각이 든 도훈이 씨익 웃어 보일 뿐이었다.

샤워를 마치고 나서 오늘 하루를 마치는 점호 시간.

도훈이 어제 저녁, 견본을 보여줬던 것처럼 다른 이들은 점호가 시작되기 전까지 한시바삐 관물대 정리에 정신이 없었다.

특히나 모포 각까지 자로 측정하면서 세심하게 마무리 작업까지 하는 교육생도 더러 보인다.

그러나 어제와는 다르게 도훈은 여유롭게 티비를 볼 뿐.

그 어떠한 행동도 취하지 않는다.

"저, 저기. 이도훈 상병님?"

"왜."

도훈이 엉덩이를 긁적이며 대충 민석의 말에 대답한다.

도훈의 나태한 태도에 민석은 더욱 애가 탈 뿐이었다.

"저기, 다른 교육생들은 어제의 일을 토대로 더더욱 관물대 정리에 힘쓰는데… 저희는 이대로 가만히 있어도 되는 겁니까?"

"아, 그건 니가 대충 내 것까지 정리해줘. 그렇다고 너무 각 잡지 말고, 자대 내에서 하던 것처럼 대충 매트리스 줄만 맞춰놓으면 돼."

"그렇게 대충 해도 되는 겁니까?!"

"내가 말했잖냐. 나만 믿으라고."

"……"

오늘 오후 훈련 때까지만 하더라도 도훈에게 무한 신뢰를 보내던 민석이었지만, 그 무한 신뢰감이 하루가 채 지나지 않아서 금세 사그라지기 시작한다.

정말 괜찮은 걸까.

남들이 저렇게나 신경 쓰는데, 호찬과 도훈, 그리고 민석은 그냥 평소 하던 만큼만 해놓고 별다른 조치를 취하지 않는다.

이대로 불안감을 안고 시간을 보내는 사이에, 벌써 점호 시간을 알려오는 조교의 등장.

하지만…….

뭔가가 다르다.

왠지 어제와는 다른 조교의 모습에 알 수 없는 위화감을 느끼기 시작한 민석이었지만, 정확하게 어떠한 점이 어제와 다른지 잘 알 수가 없었다.

이런 민석과는 다르게, 사회 경험이 있어서 그런지 눈치 하나는 빠른 호찬이 적잖게 놀라면서 혼잣말로 중얼거린다.

"과연… 도훈이 별다른 조치를 취하지 않은 이유가 있었구만."

"어?! 뭐, 뭔데? 호찬이 형."

"잘 봐라. 조교의 저 두 손을……."

"……!!"

이제야 눈치챘다는 듯이 민석이 놀란 표정을 지어 보인다.

조교의 두 손에는 아무것도 없다.

정말 아무것도 없다.

아니, 있어야 할 '점수 측정판'이 없는 것이다!

"10분 뒤 점호 시작합니다. 교육생들은 침상마루 끝에 정렬해 앉아 있도록 합니다."

라는 말만 내뱉은 채 그대로 행정반 안으로 들어가 버리는 게 아닌가!

"왜, 왜 검사 안 하는 거냐!"

"이런 씨발! 좆나게 준비했는데 그냥 가버리네!"

각자 여기저기서 탄성이 터져 나온다.

TV 보는 것도 포기하면서까지 열심히 관물대 정리를 했지만, 조교는 그저 생활관에 자신의 전달사항만 남겨두고 그대로 휑하고 가버렸다.

이리도 허무한 경우가 또 있을까.

선임급으로서 관물대를 그리 열심히 정리한 것은 이등병 때 이후로 처음이었지만, 문제는 알아주는 이… 아니, 알아주는 조교가 아무도 없다는 것이다.

민석이 실로 경이로운 눈빛으로 이도훈을 바라보며 묻는다.

"이도훈 상병님. 설마 이걸 알고…….."

"얌마, 뻔히 보이잖냐. 어제 그렇게 대놓고 관물대 정리한 우리에게 점수를 줬는데, 그다음 날에 상점 받고 싶은 녀석들은 당연히 관물대를 미치도록 정리하겠지. 저쪽 조교들이 굳이 말하지 않아도 알아서 관물대를 정리하는데, 굳이 많은 인원에게 상점을 줄 이유는 없잖냐."

"과, 과연……."

사실 도훈의 말은 일리가 있긴 하지만 확신이 없는 심증에 불과하다.

하지만 도훈은 기억 재생 장치를 통해서 그 심증을 확신으로 만들었다.

즉, 오늘 점호 전에 조교가 관물대 정리로 인한 상점 부여를 하지 않을 거란 사실을 직접 과거 기억회상을 통해 두 눈으로 확인했다는 뜻이다.

그렇기에 남들이 다 한창 정리정돈에 임할 때, 도훈은 이렇게 놀자판으로 배짱이 노릇을 할 수 있었다.

덕분에 혼자서 TV도 독차지할 수 있었고 말이다.

"오늘따라 걸그룹이 예쁘게 보이는구만."

도훈이 피식 웃으면서 TV에 출연해 노래를 부르는 미소녀 시대를 바라보며 승자의 여유를 만끽한다.

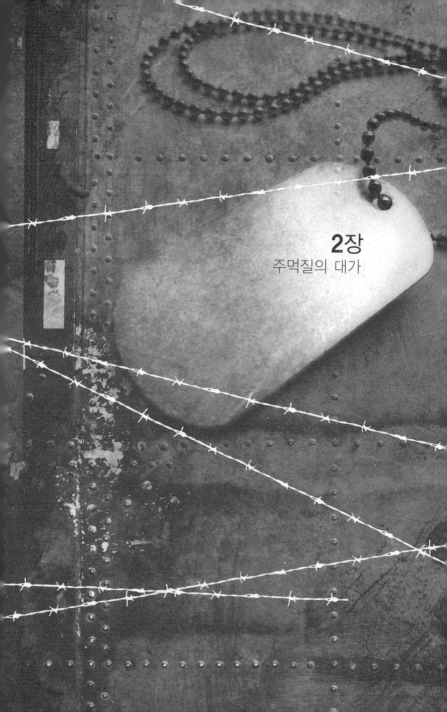

2장
주먹질의 대가

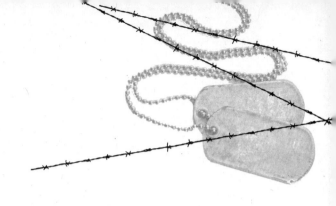

분대장 교육대 3일차.

이미 압도적인 상점으로 다수의 경쟁자와 사이를 많이 벌여놓은 이도훈은 분대장 교육생들 사이에서도 군대 마스터라 불릴 정도로 우수한 면모를 보여주고 있었다.

자대에서 명성이 자자한 것과, 분대장 교육대에서 그 능력을 인정받는 것은 하늘과 땅 차이라고 할 수 있다.

자대 내에서는 그들만의 리그, 즉 선임과 후임이 합쳐져 있는 혼합된 형태의 고인 물인 반면, 분대장 교육대는 이곳저곳에서 분대장이라는 자격 요건을 충족시킨 우수한 인재들이 오기 때문에 그 경쟁 상대의 질적 차이가 애초에 많이 나는 셈이다.

그들 사이에서도 이도훈의 성적 순위는 단연 탑.

이미 분대장 교육생들뿐만 아니라 조교들 역시도 이도훈의 행보에 모슨 시선을 집중할 정도다.

"그 교육생, 진짜 대단하지 않냐?"

"123대대에서 온 그… 이도훈 교육생?"

"그래, 장난 아니더만, 조교를 맡고 있는 우리들보다도 훨씬 더 많이 알더라고."

"상점 타이밍도 기가 막히게 잘 잡더라. 내가 평가판 들고 가면, 언제 그 정보를 입수했는지 미리 다 완벽하게 상점을 받을 준비를 해놓더라니까."

"하여튼… 역시 군단장님이 총애할 만한 병사답군."

조교들 사이에서는 이렇게 도훈이 평가를 받고 있는 중이다.

물론 이도훈 본인도 이런 점을 전혀 모르는 건 아니다.

'후후후… 열심히 찬양해라. 조교들아.'

슬쩍 지나가는 척하면서 은근히 자신의 칭찬을 엿듣고 있는 도훈.

본래는 교육생들 무리와의 거리가 있어서 분명히 들리지 않을 상황이지만, 이도훈에게는 남들과 다른 한 가지 능력을 가지고 있다.

바로 천리안!

보통 천리안은 넓은 곳을 '시각'이라는 형태를 통해서 보는 거지만, 이도훈의 천리안은 좀 색다르다.

차원관리자인 앨리스를 통해서 이도훈이 얻을 수 없는 정보를 앨리스가 실시간으로 전달해 준다.

―칭찬 많이 받고 있네, 이도훈.

앨리스가 전음으로 도훈을 향해 묻자, 도훈이 어깨가 한껏 으쓱해진 상태로 마주 전음을 날린다.

―후후후. 그야 당연하지. 나의 명성은 아직 끝나지 않았도다.

예전에는 마음속의 생각으로 앨리스에게 자신의 말을 남들에게 들리지 않게끔 전달했지만, 최근에는 전음이라는 것을 배운 탓에 이렇게 도훈도 직접 앨리스와 편한 의사소통을 주고받을 수 있게 되었다.

상대방이 차원관리자라는 것으로 한정되긴 하지만, 이제 귀찮게 일일이 소환 포즈를 취하면서 직접 말로 '소환!' 이라고 외칠 필요가 없어졌다.

물론 처음부터 그렇게 굳이 하지 않아도 되지만, 도훈의 입장에서는 '간지'를 추구해야 한다는 얼토당토 않는 이유가 있었다.

그래서 전음이라는 것을 배우게 되었고, 마치 무협에서 등장할 법한 이 전음이라는 스킬을 통해서 도훈은 차원관리자들과의 의사소통이 한결 수월해짐을 요즘 들어 부쩍 느끼는 중이다.

─그런데 이런 걸 굳이 들을 필요가 있어?

앨리스가 좀 더 조교들의 대화를 전달해 주는 일에 집중하면서 묻자, 도훈이 고개를 절레절레 흔들며 말한다.

─아니, 중요한 거 없어.

─그럼 듣는 목적이 뭐야?

─그냥 자기만족.

─…뭐?

─자뻑이라는 거지, 하하하! 역시 내 평판이 올라가는 건 기분이 좋구만!

인간이란 상당히 욕망에 충실한 생물이기도 하다.

타인이 자신의 칭찬을 하면 피노키오마냥 코가 으쓱 솟아나는 건 당연하고, 여자를 만나면 아랫도리가 으쓱 솟아나는 건 생물학적인 이치라고 할 수 있다.

어찌 되었든, 이도훈이라는 인물을 두고 평판이 올라감에 따라 도훈 스스로도 어느 정도 자신의 만족도를 느낌과 동시에 일종의 성과를 이룩했다는 확인 보고를 받는 차원이라고 생각하면 될지도 모른다.

군 생활을 하면서 처음에는 묻혀 지내는 게 이도훈식 군 생활 철칙이었으니, 요즘은 개정을 했다.

자신이 알고 있는 이점이 있다면 최대한 활용할 것!

그리고 기회가 왔으면 잡을 것!

미래는 스스로의 힘으로 만들어가는 것 아니겠는가.

'내 손으로 개척해 나가리라!'

군 생활이든, 그리고 앞으로의 인생이든.

도훈은 스스로 정하고, 스스로 나아갈 것이라 다짐한다.

한편, 123대대 전방포대는 행보관의 작업 지시를 앞세운 제초 작업을 마치고 한창 점심식사에 열중하는 중이었다.

오늘의 점심식사는 바로 자장면!

"잘 먹겠습니다!"

한수와 철수를 향해 승주와 근성이 각각 목소리를 높여 외친다. 그러자 철수가 고개를 끄덕이며 말한다.

"그래, 맛있게 먹어라."

"이 자식, 벌써부터 대놓고 선임 티 팍팍 내는구만."

한수가 어이가 없다는 듯이 말하자, 철수가 헤헤 웃어 보인다.

"이제 저도 상병이지 말입니다?"

"꺾이지도 않았으면 말 다했지."

한수가 그렇게 말하며 포크락(포크와 숟가락이 혼합되어 있는 형태)을 든다.

분명 면임에도 불구하고 군대 내에서는 간부식당 아니면 젓가락을 찾아보기가 힘들다.

겨우겨우 숟가락으로 자장면 면을 흡입하다시피 먹는 승주와 근성. 반면, 철수는 매우 익숙하다는 듯이 숟가락으로 잘도 자장면 면을 골라먹는다.

"근데 진짜 왜 군대에는 젓가락이 없는 겁니까?"

얌전히 자장면을 먹다가 궁금증이 들었는지, 근성이 난데 없는 질문 공격을 펼친다.

그 질문에 철수가 반사적으로 한수를 향한다.

"왜 그런 겁니까?"

"어이, 김 상병. 방금 전까지만 하더라도 상병이라고 자랑하던 놈이 후임이 묻자마자 곧바로 꼬리를 내리냐?"

"모르는 건 어쩔 수 없지 말입니다."

"그러면 좀 배우려고 노력해 봐라."

묵묵히 포크락으로 자장면을 집어먹는 한수가 머리를 긁적이며 말한다.

"정확한 건 나도 몰라. 다만, 개인용 식기도구를 사용하다 보니까 젓가락까지 사용하게 되면 분실의 이유도 있고, 빠른 식사를 요하는 군인에게 젓가락을 사용하면서 천천히 식사하게끔 습관을 들이는 건 안 좋다는 말도 있고……."

"또 그거도 있지 않습니까?"

승주가 문득 생각이 났는지 한수의 말을 이어간다.

"자살 위험도 있고 말입니다."

"뭐, 그것도 어디까지나 소문이긴 하지만 말이다. 숟가락만 사용하게 하면 젓가락은 개인당으로 사주지 않아도 된다는 점으로 보자면 비용 절감이라는 이유도 있고, 군대 내에서는 싸재를 못 쓰게 해야 한다는 것도 있고… 어쨌든 여러 가지 요인이 있지만, 젓가락이 없는 것은 아니다. 사용하기 좀 그럴 뿐이지."

포크락을 들어 보이는 한수가 후임급들에게 말한다.

"아직 상병인 나도 젓가락 사용 안 하고 포크락을 사용하고 있잖냐. 우리 부대는 병장급 되면 눈치 안 보고 젓가락 사용할 수 있으니까 억울하면 진급해라."

"예! 알겠습니다!'

군대는 짬이 법이자 계급이다.

억울하면 강해져라, 라는 말이 있듯이, 억울하면 진급하면 된다.

"부사관을 지원하면 되겠네."

철수가 장난기 가득한 말투로 넌지시 승주와 근성에게 말하자, 그 둘은 그저 질색하며 이렇게 말할 뿐이다.

"간부 지원은 좀……."

"하루 빨리 전역하고 싶습니드아!'

역시 모든 사병의 소망은 바로 전역이었다.

제1포대가 여유로이 식사를 하고 있을 무렵.

화생방 교육을 받고 난 이후에 점심식사를 하기 시작한 분대장 교육대 역시도 메뉴는 동일하게 자장면이 나왔다.

그리고 식기도구는 역시 숟가락 하나.

보통 선임급들로 이뤄진 교육생 집단이다 보니까 자대라면 나무젓가락이라도 사용하겠지만, 본의 아니게 여기는 훈련소다.

아무리 선임급이라 하더라도 교육생의 신분이라면 자대처럼 마음껏 생활할 수도 없는 노릇.

"잘 먹었습니다."

간만에 숟가락으로 면을 먹는 기교를 발휘한 호찬과 도훈이 능숙하게 자리에서 일어서자, 민석도 황급히 이들을 따라 움직인다.

"전 아무리 해도 숟가락으로 자장면을 익숙하게 먹을 정도의 짬은 영 아닌가 봅니다."

"일병 나부랭이면 뭐 그렇지."

호찬이 크큭 웃으면서 한 말에 민석이 한숨을 늘어놓는다.

"저도 빨리 선임급이 되고 싶습니다."

위로라도 해주려는 것일까. 식기를 닦던 도훈이 그런 민석에게 한 가지 충고를 늘어놓는다.

"분대장 달면 그래도 선임급 대우는 받으니까 너무 걱정하지 마라. 초록견장은 계급을 대신 말해주기도 하니까."

"그랬으면 좋겠습니다."

"뭐, 대신 그만큼 힘든 일이 배로 늘겠지만."

분대장을 달면 분대장 일지라는 것도 작성해야 한다. 분대원들을 통솔하고, 간부를 대신해서 지속적으로 부대원들 상태를 관리해야 한다는 게 바로 분대장의 임무이기 때문이다.

고생하는 이들을 위해서 분대장을 달면 부대별로 휴가를 주는데, 123대대의 경우에는 분대장을 차는 개월을 단위로 끊어 휴가 1일씩 덧붙여주는 형식으로 분대장에게 별도로 공로 겸 포상휴가를 주고 있다.

즉, 한 달 분대장으로 고생하고 하루 휴가를 받는다는 뜻이다.

한창 그렇게 분대장에 대해 토론을 나누고 있을 무렵.

"…음?"

생활관으로 돌아온 이들이 뭔가 미묘하게 부대가 이상하게 돌아가고 있음을 느낀다.

분명 다음 교육 차례는 성당 안에서 받는 정신교육 시간일 터이다.

하지만 지금, 빨간 모를 쓰고 있는 조교들과 교관들은 정신교육 준비를 할 생각은 전혀 없는지, 어딘가를 바삐 뛰어다니기 시작한다.

"무슨 일이지?"

호찬 역시도 평소와는 다른 이상함을 느꼈는지 의아함을 토로한다.

도대체 뭘까.

도훈이 기억하고 있는 분대장 교육대의 일화에는 이렇게 조교들이 발바닥에 땀이 나도록 뛰어다니는 기억은 없다.

그래도 혹시 모르니까 확인을 해보자는 생각으로 자리에서 일어선 이도훈.

"잠깐 화장실 좀 다녀올게."

"예!"

민석이 도훈의 위치를 기억해 두겠다는 식으로 대답한다.

화장실에 들어선 이도훈은 아무도 없음을 다시 한 번 확인하고, 건빵주머니에서 기억 재생 장치를 꺼낸다.

휴대용 게임기같이 생긴 기억 재생 장치를 활성화시키자, 도훈이 가지고 있는 기억이 데이터화되어 액정화면 위에 표시되기 시작한다.

"어디 보자… 오늘 날짜가…….."

파일을 찾아 재생을 누르자, 오늘 하루 있었던 일, 그리고 오늘 하루 동안 있어야 할 일들에게 대해 기억 재생 장치가 펼쳐진다.

"음……."

대놓고 수상한 것은 아니지만, 조교들이 바삐 움직이는 게 얼핏 보이기는 한다.

그 이후, 정신교육이 대략 2시간 동안이나 미뤄지게 된다.

그리고 2시간이 지난 이후, 땀을 뻘뻘 흘리며 정신교육을 하기 위해 들어오는 조교의 모습이 들어온다.

"지금부터 앞으로 2시간 동안, 이 훈련소에 무슨 일이 벌어졌다는 뜻인가?"

땀을 흘리던 조교들이 황급히 정신교육 프로그램 준비를 시작한다.

뒤이어 교관이 들어오며 역시 마찬가지로 숨이 턱 바로 밑까지 차오르는 호흡을 간신히 진정시키며 정신교육을 시작한다.

그리고 그것으로 끝.

기억 재생 장치를 보던 도훈이 내린 결론은 하나다.

"분대장 교육생들에게 소문을 내고 싶지 않은 어떠한 사건이 있었다는 뜻이구만."

이 자리에 온 교육생들은 타 부대에서 온 병사들이다.

만약 훈련소에서 벌어진 일이 교육생들의 귀에 들려온다면, 타 부대로 훈련소에서 벌어진 사건이 퍼지는 건 순식간일 것이다.

알리고 싶지 않은 무언가.

그리고 그 무언가로 인해 지체된 정신교육.

"분명히 뭔가가 있군……!"

도훈이 군대 마스터라 불리는 이유는 군대에 관한 사전 지식의 보유도 있지만, 눈치가 빠르다는 점도 한몫하기도 하다.

훈련소가 돌아가는 상황에 뭔가 수상함을 느낀 이도훈이 사뭇 진지한 얼굴로 생각에 잠긴다.

이것은 어쩌면……

"포상휴가의 냄새가 난다."

군대 마스터 이도훈의 입꼬리가 슬쩍 올라가기 시작한다.

도훈은 직감할 수 있었다.

이것은 포상휴가의 짜릿함이라는 사실을!

하지만 문제는 도대체 훈련소에서 무슨 일이 벌어졌는지 알 수가 없다.

아무리도 도훈이 눈치가 빠르다 하더라도 과거에 몰랐던 기억을 하나의 정보도 없이 알아낸다는 것은 여간 쉬운 일이 아니다.

"정보, 정보가 필요하다."

화장실에서 왔다 갔다 하던 도훈이 어쩔 수 없이 최근에 배웠던 전음을 써먹기 시작한다.

―이도훈 서포터즈, 출동해라.

그와 동시에 튀어나온 앨리스.

―한 명이 아니라 3명 다.

앨리스 혼자만 온 게 불만인지, 도훈이 딱 잘라 다이나와 트위들디의 출두까지 명한다.

한동안 잠잠하던 화장실에 사라락 소리와 함께 등장한 검은 정장 차림의 금발 미녀, 다이나와 여전히 트레이드마크로 착용 중인 선글라스를 앞세워 등장한 트위들디.

"괜히 불렀는데, 이상한 용무라면 혼쭐을 내줄 거야."

트위들디가 전음이 아닌 목소리 형태로 도훈에게 위협을 가한다.

가뜩이나 차원관리국에서 한국 드라마에 심취해 인터넷으

로 TV를 시청하고 있던 트위들디였으나, 출생의 비밀이 밝혀지기 직전에 도훈이 호출을 한 탓에 심기가 매우 불편하다.

"드라마 좀 그만 보라고 내가 그랬냐, 안 그랬냐."

"시끄러워. 인간 주제에 감히 차원관리자에게 명령을 해?!"

"알았어, 알았으니까 그만 징징거리고."

도훈이 대놓고 귀찮다는 듯이 트위들디의 말을 흘려버린다.

"너희가 해줘야 할 게 있어."

도훈의 말에 다이나가 살짝 귀를 쫑긋 세우면서 반론을 제기한다.

"제한 인과율에 어긋나는 행동은 우리도 도와줄 수 없어. 그건 너도 잘 알겠지?"

"물론. 너희가 나에게 알려줘야 할 것은 그저 '정보'에 불과해."

"…정보?"

"그래, 혹시 이 부대 내부, 혹은 외부에서 다른 부대와 다른 이상 징후가 있는지 없는지를 확인해 주면 돼."

도훈은 크게 안의 일, 그리고 바깥의 일을 구분지어 일단 훈련소에서 무슨 일이 벌어졌는지 소거법의 형태로 차근차근 가능성들을 제외해 나가기로 마음을 먹는다.

하지만 그것도 명백히 허가되는 일은 아니었다.

"정보를 얻는 건 좋지만, 그 정보를 '활용'하는 게 인과율 제한에 어긋나는 거라면 허락해 줄 수 없어."

이번에도 다이나의 태클이 발동된다.

그러나 도훈도 다이나의 이런 태클을 전혀 예상하지 못한 것은 아니다.

"이 훈련소에서 끝날 일이야. 상급 부대에 전해질 일도 없고, 타 부대에 전해질 일도 없어. 그리고 어차피 2시간 뒤면 해결될 일이야. 내가 고작해야 30분, 혹은 10분 먼저 해결한다 해도 인과율이 큰 폭으로 바뀌진 않다고 생각하는데."

"……."

사실 도훈이 말한 시간 차이는 어찌 보면 매우 커다란 차이를 야기할 수 있다.

100미터 단거리 경주에서는 초 단위 자체도 기록에 큰 영향을 끼치지 않는가.

그렇기에 도훈은 '훈련소 내부에서 끝날 일'이라는 식으로 다이나에게 인과율 발동 범위를 제한해 뒀다.

상급부대, 그리고 타 부대에 알려지지 않고 훈련소 내부적으로 끝날 일이라면, 인과율의 변화 역시 큰 폭이 되지 않을 것이라 생각했기 때문이다.

그리고 어차피 해결된다는 결과가 나오는 사건.

무슨 사건인지는 모르지만, 그걸 도훈이 가로채간다 해도 '해결'이라는 결과는 바뀌지 않기에 다이나는 알았다는 식으로 고개를 끄덕인다.

"그 정도라면……."

"허락?"

"아니, 일단 국장님한테 물어볼게."

"마치 너한테 권리가 있다는 듯이 듣고 있기에 너한테 권한이 있는 줄 알았더니만."

괜히 장황하게 입 아프게 설명한 이유가 전혀 없지 않은가.

잠시간의 침묵이 지난 이후.

다이나가 나지막이 한숨을 내쉬며 말한다.

"오케이가 나왔어."

"오, 진짜? 역시 국장 아가씨답네. 통이 커."

"사유는 '재미있어 보이니까' 였지만."

"…통이 크진 않구만."

단순히 자신의 오락거리를 위해 이도훈을 실험대상으로 던지겠다는 의도에 도훈 스스로도 혀를 찰 뿐이었다.

화장실에서 돌아온 직후, 생활관에서 잠시 대기 중인 교육생들.

그냥 기약 없는 생활관 대기에 민석이 도훈에게 묻는다.

"무슨 일이라도 벌어진 거 아닙니까?"

"글쎄다."

"저, 전쟁이라든지……."

"그럼 분대장 교육대고 뭐고 다 무산시키고 우리를 다 각자 부대로 돌려보냈겠지."

여기 한자리에 모여 있는 교육생들은 각자의 부대에서는 선임급, 그리고 차기 분대장이라는 중요한 직책을 차지하고 있다.

어찌 보면 각 분과별로는 핵심 인물이라고 할 수 있는 교육생들을, 전쟁이 벌어졌다는 전제하에 얌전히 분대장 교육대에 썩히고 있을 이유는 전혀 없다.

게다가 도훈의 기억 재생 장치에 의하면, 전쟁이고 뭐고는 전혀 아니다.

'서포터즈의 보고가 들어오기만을 기다리는 수밖에.'

얌전히 전투복을 입은 채 그대로 매트리스에 머리를 기대고 눕는 이도훈.

그러던 사이에, 약속한 10분이 흐른 뒤에 다이나와 트위들디에게 전음이 들려오기 시작한다.

─이상 없음.

─딱히 바빠 보이는 거 이외에는 전혀 모르겠어.

얌전히 전음들을 듣던 도훈이 살짝 인상을 찡그린다.

'소득이 없나.'

하지만 그때, 앨리스가 의외의 정보를… 아니, 질문을 던져온다.

─이도훈.

─무슨 일이야, 앨리스.

―한 가지 물어보려고 하는데…….

앨리스는 여타 다른 차원관리자들과는 다르게 매우 호기심이 넘치는 아이다.

질문이라는 게 하루 이틀 일이 아닌지라 도훈은 별다른 신경을 쓰지 않은 채 무심히 대답한다.

―뭔데.

하지만 들려온 질문은 매우 기대 이상의 힌트가 되었다.

―저기… '탈영이라는 게 뭐야?

―분명 '탈영'이라고 했어?

도훈이 막사 바깥으로 나와 멀찌 감치서 바삐 뛰어 다니는 조교, 그리고 훈련소에 근무하고 있는 사병들의 모습을 바라보며 전음을 날린다.

그러자 앨리스의 확신 어린 목소리가 재차 들려온다.

―응. 분명 그렇게 말하는 걸 들었어.

'…난감하게 되었군.'

도훈이 생각하던 것 이상으로 커다란 일이 훈련소에 벌어지고 말았다.

어찌 보면 북한의 도발보다도 큰 소란이 벌어지고 만 셈이다.

물론 이 훈련소 한정으로.

도훈은 멋대로 포상휴가거리만 생각하고 있었는데, 탈영이라면 큰일 아닌가.

'부대가 뒤집어질 만도 했구만.'

분대장 교육 일정에 차질일 생길 정도의 일이 과연 무엇이 었을까 생각을 해봤지만, 설마 탈영이라는 사건일 줄은 꿈에도 몰랐다.

그래도 아직까지 도훈이 끼어들 여지는 남아 있다.

—서포터즈, 명령을 변경한다.

도훈의 말에 다이나가 짧게 태클을 건다.

—명령이라 말하지 마. 기분 나쁘니까.

—시끄럽다. 여하튼 바꾼다. 천리안 서드 포메이션으로 간다. 알겠냐?

—서드 포메이션?

처음 듣는다는 식으로 되묻는 앨리스에게 도훈이 간단하게 답변을 해준다.

—말 그대로 3명이서 천리안 포메이션을 한다는 뜻이잖아. 3명이서 각자 구역을 나눠서 지금부터 내가 말한 특정 인물을 찾는 거다.

도훈이 이들에게 찾아야 할 만한 인물의 인상착의를 설명해 준다.

—훈련소 내부에 있는 병사들이 아닌, 훈련소 외부에 혼자서 멋대로 숨어 있는 병사를 찾아내라.

—외부라면… 훈련소 바깥이라는 뜻이지?

앨리스가 확인차 묻자, 도훈이 고개를 끄덕인다.

─그래, 유독 남의 시선을 피하고, 혹은 산속이라든지 사람이 없는 장소에서 전투복을 입고 있는 거동이 이상한 남자를 찾아라. 그리고 그 위치를 나에게 알려줘.

─오케이!

─…쳇, 빨리 찾고 드라마나 보러 가야지.

─어쩔 수 없지. 도와준다는 말은 했으니까…….

순차적으로 앨리스와 트위들디, 그리고 마지막으로 다이나가 제각각 도훈의 말에 다른 반응을 선보이며 멀리 산개하기 시작한다.

천리안 서드 포메이션.

앨리스 혼자서만 하는 천리안을 다이나와 트위들디까지 포함시켜 3명으로 늘려 얻는 정보를 더욱 상승시키는 것이다.

이윽고…….

─발견했어.

들려온 쪽은 다름 아닌 다이나였다.

─위치는?

─…잠깐만. 텔레파시를 통해서 직접 뇌파로 보내줄게.

참으로 편리한 수법이다.

인간의 뇌 속, 그러니까 '기억'이라는 형태로 도훈에게 다이나가 접수한 정보를 간접적으로 흘려 보내준다.

그렇다면 굳이 일일이 말로 전달해 줄 필요가 없으니까 말이다.

—과연… 여기로군.

정보를 입수한 도훈의 발걸음이 점점 빨라지기 시작한다.

목표는…….

도훈이 훈련소 때 생활하던 바로 그 훈련소 건물로!

"왜 그 녀석이 탈영할 때까지 아무도 몰랐나!!!"

대대장이 행정실 안으로 들어와 버럭 소리를 내지른다.

훈련병 담당 부대 중대장도, 그리고 분대장 교육대 담당 중대장도, 기타 본부중대 중대장도.

대대장이 외치는 말에 잔뜩 움츠린 채 아무런 말도 하지 못한다.

"뭣들 하자는 거야, 지금!! 이번 일이 상급부대에 알려지면 어떻게 되는지 아나!! 우리 훈련소는 끝장이야, 끝장!!"

좀처럼 화를 삭이지 못한 대대장의 목소리가 계속해서 행정실 안에 울려 퍼진다.

각 중대 행보관들도 대대장의 앞에서 아무런 말도 하지 못하고 그저 침묵을 지키고 있을 뿐이다.

훈련소에 있는 간부들이 병사들을 대동해서 탈영병을 수색하고 있지만, 탈영했다는 사실을 알고 나서도 1시간 동안 아무런 수확도 거두지 못하고 있다.

"이 사실이 연대장님의 귀에 들어가기라도 한다면……!"

훈련소 대대장의 손이 바들바들 떨리기 시작한다.

123대대 대대장과 마찬가지로 훈련소 대대장 역시도 진급을 앞두고 있는 시기인지라 한동안 매우 조심스럽게 몸을 움츠리고 있어야 할 판국이다.

하지만 탈영이라는 직격타가 날아올 줄이야.

"어떻게 한다… 어떻게 해야 할지…….."

훈련소 대대장의 머릿속은 이미 하얗게 되어버린 지 오래다.

다른 자대의 인원보다도 훈련소 소속 사병의 숫자는 적은 편이다.

이 적은 인원으로 탈영병을 수색한다는 건 매우 힘든 일.

결국, 다른 부대의 도움을 빌려 찾아야 한다는 뜻이지만, 그렇게 된다면 타 부대에 탈영 사실이 알려지게 된다.

가장 최상의 시나리오는 훈련소 자체적으로 해결을 하는 게 좋겠지만 문제는 그게 현실상 불가능하다는 것이다.

바로 그때.

"123대대 제1포대 소속 상병 이도훈, 행정반에 용무 있어 왔습니다!"

행정반의 문을 열며 위풍당당하게 모습을 드러낸 인물은 다름 아닌 이도훈!

"썩 나가지 못하겠는가!"

대대장이 도훈을 보자마자 버럭 소리를 내지르기 시작한다.

같은 부대 소속도 아니고, 타 부대에서… 그것도 간부도 아닌 일개 병사가 대대장이 있는 행정실에 멀뚱히 들어오다니.

그러나 도훈이 누구인가.

그 유명한 군단장에게도 공포탄을 직격으로 쐈던 병사다. 고작해야 대대장의 버럭 소리에 겁을 먹을 정도로 소심한 담력을 지니고 있는 남자가 아니다.

"다 들었습니다."

"……."

"훈련소에 탈영자가 나왔다는 사실을."

행정실 바깥에서도 얼핏 들려오는 대대장의 목소리에 어렴풋이나마 지나가던 사병들도 눈치챌 수 있을 정도였지만, 도훈은 직접 서포터즈에게 들은 탓에 정황이 어떤 식으로 흘러가고 있는지 잘 알고 있다.

지금도 도훈이 행정실 안으로 들어오기 전에, 이미 구석에는 트위들디가 연신 투덜거리며 위치한 채 안의 상황을 도훈에게 실시간으로 전달해 주고 있었다.

행정실로 들어갈 타이밍을 재고 있던 도훈은, 트위들디를 통해 대대장이 연신 고민을 하기 시작했다는 보고를 받자마자 바로 행정실의 문을 열고 모습을 나타낸 것이다.

인생은 타이밍!

그리고 그 타이밍은 바로 남들보다 한발 빠른 정보력에서 오는 것이다.

지금 탈영한 병사의 정보를 알고 있는 인물은 현재 훈련소 내부에 있는 사람들 중 이도훈이 유일하다.

이 정보를 활용해서 자신에게 이득을 취한다.

현대 사회에 가장 기본적인 스킬 아니겠는가.

"저는 탈영병이 어디에 있는지 알고 있습니다."

"…뭐라고?"

대대장의 한쪽 눈이 치켜 올라간다.

"탈영병이 지금 어디에 있는지 정확하게 알고 있습니다."

도훈이 제공하는 건 필히 확정적인 정보다.

하지만 솔직히 말해서 신뢰성은 매우 떨어진다고 할 수 있다.

같은 부대 사람도 아니고, 분대장 교육대 때문에 온 타 부대 병사가 어떻게 훈련소에서 탈영한 병사의 정보를 알고 있다는 것인가.

이건 대대장의 문제가 아니라, 상식적으로 생각을 해도 어찌 보면 당연한 반응일지도 모른다.

"고작 상병 따위가 감히 나와 말장난을 하자는 건가?!"

대대장이 노여움에 가득한 목소리로 도훈에게 다시금 버럭 소리를 내지른다.

물론 대대장의 말이 더 일리가 있다. 대대장뿐만이 아니라 행정실 안에 있는 대다수의 간부 역시 도훈의 말을 믿지 않는 듯한 눈빛을 하고 있다.

이건 도훈도 충분히 예상 가능했던 반응이라고 할 수 있다.

철수처럼 무식하게 머리를 굴리지 못하는 녀석도 아니고.

잔머리 하면 이도훈 아니겠는가. 즉각적으로 머리를 굴린 도훈이 초강수를 띄운다.

"못 믿으시겠다면 죄송합니다. 이 자리에서 사과하고 전 다시 분대장 교육대로 돌아가겠습니다."

"……."

주도권은 얼핏 보면 계급이 월등하게 높은 대대장에게 있을 수도 있지만, 엄밀히 말하자면 도훈에게 있다고 봐도 무방하다.

도훈은 이 사건을 해결할 열쇠를 쥐고 있다.

설령 그게 진실인지 거짓인지 다른 간부들은 확신할 수 없었지만, 이렇게까지 자신감 넘치게 행정실로 급습을 할 정도라면 필히 거짓말은 아닐 것이라는 생각이 대대장에게도 들었기 때문이다.

"…좋다."

"대대장님!"

간부들이 훈련소 대대장의 말을 믿지 못하겠다는 듯이 외친다.

"고작 사병 하나의 말에 부대를 움직이겠다는 말씀이십니까?!"

"확실히 신빙성은 없다. 하지만 정보가 없는 건 우리도 마찬가지다. 그렇다면 확신을 가지고 있는 저 병사에게 도움을 요청하는 게 좋지 않겠나."

"크윽……."

"아니면 저 병사만큼 탈영병의 정보와 위치를 확실하게 알 수 있는 놈을 데려와!"

"…죄송합니다!"

대위 한 명이 즉각적으로 사과한다.

아직까지 훈련소 자체적으로 탈영병의 정보를 입수하지 못한 것은 부정할 수 없는 사실이니까 말이다.

여기서 필요한 게 바로 결단력이다.

그리고 훈련소 대대장은 결단력을 지니고 있는 사람이기도 했다.

"이도훈이라고 했나."

"상병 이도훈!"

"자네가 군단장님의 신뢰를 받는 그 병사로구만."

대대장이 어쩐지 낯설지 않다 했더니만, 많이 듣던 이름의 정체를 알았다는 듯이 고개를 끄덕인다.

그러고서 방금 전까지 대대장에게 태클을 걸었던 대위를 향해 외친다.

"이도훈을 중점으로 다시 한 번 수색작전을 개시한다! 알겠나!"

"예! 알겠습니다!"

그리고 도훈의 예상대로 시나리오는 흘러가기 시작했다.

"이도훈 상병님이라는 분이… 그렇게 대단하신 분입니까?"

하나포 포상 제초 작업에 열중하고 있는 인원들 중에서도, 간단한 제초 작업을 돕기 위해 포상으로 내려온 근성이 철수에게 묻는다.

심심한 제초 작업을 하는 도중에, 지금 이 자리에 없는 이도훈의 군대 일화를 하나하나씩 들려주던 철수의 말을 얌전히 듣던 근성이 혀를 내두르며 말한다.

"그 정도 성과를 보여줬으면… 대통령 표창감 아닙니까?"

"우리야 대통령 표창 수여의 기준을 모르니까 그런 것까지는 말을 못해주겠고."

철수가 돼지풀 더미를 울타리 바깥으로 던지면서 말을 이어간다.

"여하튼 녀석이 대단한 거는 확실하지. 너, 훈련소에 있을 때 못 들었냐?"

"무엇을… 말입니까?"

"도훈이 세웠던 전설 중 하나. 이름하야 '수류탄 사건' 말이다."

"…아! 그거 말씀이십니까!"

산만 한 덩치의 소유자, 이근성이 이제야 기억났다는 듯이 대답한다.

"그러고 보니 수류탄 훈련 때 들었지 말입니다. 저번 기수 때 이러이러한 사건이 벌어졌으니 주위 단단히 하라고 말입니다."

"뭐… 그건 훈련병이 아닌 조교가 저지른 범행이긴 했지만, 누가 문제의 원인이었든 간에 사고가 발생하는 건 예외가 없으니까."

우매한과 협력해서 수류탄 사건을 해결한 도훈의 전과는 아직도 훈련소에서 내려져 오는 모범적인 사례로 손꼽힌다.

이근성 역시 같은 훈련소 출신이었기 때문에 그걸 듣지 못했을 리가 없다.

"그런 대단하신 분과 같은 분과라니……."

근성이 더벅머리를 긁적이며 말하자, 철수가 슬쩍 웃어 보인다.

"그러니까 오면 앞으로 잘해라."

"예! 알겠습니다!"

이들이 도훈에 대해 이런저런 평가를 하고 있을 무렵.

도훈은 훈련소에서 또 다른 전설을 세우려고 준비하고 있었다.

"민석아! 호찬이 형!"

생활관으로 들이닥친 도훈의 말에 둘이 화들짝 놀라 상반신을 일으킨다.

"무, 무슨 일이냐?!"

호찬이 당황스러운 얼굴로 도훈에게 묻자, 도훈이 시원스러운 웃음을 지으며 말한다.

"일하러 가자."

"…일?"

"내가 말했지? 나만 따라오면 포상휴가는 따 놓은 당상이라고."

포상휴가의 향기를 맡은 도훈의 말에 호찬 역시도 뭔가의 낌새를 눈치챈다.

짬은 부족할지 모르나, 호찬에게는 '사회경험'이라는 무기가 있다.

도훈의 말에 뭔가가 있다는 사실을 눈치챈 호찬이 빠르게 전투화를 신기 시작한다.

한편, 멀뚱멀뚱 바라만 보던 민석 역시도 호찬과 도훈을 따라 생활관 바깥을 나선다.

막사 바깥에서 기다리고 있던 상병 교관 한 명이 도훈에게 묻는다.

"그게 교육생이 말한 도우미들입니까?"

"예, 다들 준비는 어떻게 되고 있습니까?"

"일단 교육생이 말한 대로 인원을 배치시키긴 했습니다만……."

"좋습니다. 저희가 가기 전까지 절대로 움직이지 말도록 다른 병력들에게 전해주시기 바랍니다."

도훈과 조교가 말을 나누는 사이에, 호찬과 민석은 여전히 이해가 안 간다는 표정을 지어 보일 뿐이었다.

상병 조교가 고개를 끄덕이며 자리를 뜨자, 그제야 호찬이 자신의 궁금증을 어필한다.

"무슨 일이야, 도대체."

"호찬이 형, 그리고 민석아. 지금부터 내가 하는 말은 절대로 외부에 새어 나가서는 안 될 이야기야. 그러니까 잘 들어."

도훈은 지금까지 자신이 대대장에게 쳐들어가서 했던 일들을 모두 털어놓기 시작한다.

그러자 놀란 표정을 지어 보이는 호찬.

"타, 탈영병?!"

"그래."

"아니… 탈영병은 그렇다 치더라도. 어째서 니가 그 탈영병의 위치를 알고 있는 거냐."

"그건 그냥 그러려니 하고 넘어가."

도훈이 왜 탈영병의 위치를, 그것도 심히 자세히 알고 있는지에 대해서는 호찬뿐만 아니라 대대장, 그리고 기타 훈련소 내부에 있는 간부와 병사들도 든 의문점이다.

그러나 도훈은 끝까지 비밀을 유지할 뿐이었다.

차마 서포터즈를 통해 찾았다는 말을 할 수는 없지 않은가.

"어쨌든 그 탈영병을 우리가 잡을 거야."

"어째서?"

"그래야 우리들에게 명확한 공이 인정되니까."

"…그렇구만."

그래서 도훈이 가기 전까지 탈영병이 있는 위치로 추정되는 장소에 포위만 하게끔 하고 접근을 하지 말라고 말했던 것이다.

호찬은 이제서야 도훈의 의도를 깨닫고 고개를 끄덕인다.

"그런데 고작 탈영병 한 명 잡는 일에 굳이 우리 3명이나 달려들 필요가 있을까? 무장이라도 했다면 우리 3명으로는 소용도 없을 거 같은데."

"총은 가지고 가지 않았어. 문제가 있다면……."

도훈도 생활관까지 오기 전에 상병 조교를 통해서 대략 탈영병에 대한 개인정보를 들은 적이 있다.

"녀석은… 조폭 출신이라 하더라고."

"조, 조폭 말씀이십니까?!"

민석이 기겁을 하며 침음성을 흘린다.

대한민국 남자라면, 신체 건강한 남자라면 병역의 의무를 피할 수는 없다.

그건 아무리 조폭이라 해도 마찬가지.

"뭐… 조폭 중에서도 별로 중요한 위치를 차지하는 인물은 아닌 것 같지만, 여하튼 조폭이라 하더라."

"아, 아니… 이도훈 상병님. 그거, 위험한 거 아닙니까? 괜히 잘못 건드리면 저희도 매우 난감할 거 같은데……."

"얌마, 군대에 조폭이고 뭐고가 어디 있냐. 계급이 전부인 이 집단에 조폭이라는 이유 하나만으로도 대우받을 생각을 한다면 나중에 너, 후임 받고 나서 그 후임한테 놀림 받는다."

"죄, 죄송합니다!'

군대에 관해서라면 도훈은 상당히 강경한 고정관념을 가지고 있기도 하다.

물론 나중에 전역을 하면 문제가 될 수도 있다. 조폭이 보복을 하러 올지도 모른다는 불안한 예감도 드니까 말이다.

하지만 반대로 생각하면 되지 않겠는가.

그 조폭이 별다른 문제가 없다면, 도훈도 쓴소리는 잘하지 않을 것이다.

그럼 서로가 문제없이 얌전히 전역하면 될 일.

굳이 원수를 만들 필요는 없는 것이다.

'그리고 설마 그 많고 많은 부대 중에 우리 부대로 배치해 오진 않겠지.'

탈영병은 훈련병이라는 신분을 지니고 있다.

즉, 아직 자대 배치가 안 된 훈련병이라는 뜻.

설마 이 많고 많은 전방 부대에 도훈의 부대로 배치될 일은 없다고 생각한 도훈은 과감하게 이번 일을 받아들였다.

그리고 도훈의 기억으로는 자신의 부대에 조폭 출신의 신병이 들어온다는 기억은 가지고 있지 않다.

그건 이미 기억 재생 장치에 의해 다시 한 번 확인했으니까 의심의 여지가 없다.

피드백이 일어나지 않는 이상, 도훈과는 남남이라는 의미이기도 하다.

도훈이 민석과 호찬을 데리고 간 곳은 위병소 바로 벽에 붙어 있는 어느 한 산길.

"이 길을 쭉 따라가다 보면 나올 거야."

꿀꺽!

도훈의 말에 민석이 긴장이 되는지 마른침을 크게 삼킨다.

설마 자신이 군 생활을 하면서 탈영병을 잡는 일이 벌어지게 될 줄이야.

그것도 상대는 조폭 출신의 훈련병이다.

자칫 잘못하다가 오히려 자신들이 당할 수도 있다는 생각이 드는 위험천만한 상황.

하지만 민석의 두려움을 어느 정도 날려 버릴 수 있는 안전한 보험적인 존재가 바로 이도훈이다.

'이도훈 상병님만 믿자!'

바깥 사회에서라면 몰라도, 군대 내에서 이도훈은 무적에 가까운 인물이다.

지금까지 실수한 적도 없고, 실패한 적도 없다.

설사 그게 조폭 출신 탈영병이라 해도 말이다.

한편, 도훈은 서포터즈에서 보내준 탈영병의 기억을 되내이며 천천히 산길로 접근한다.

그리고 드디어!

'…정지!'

도훈이 오른손을 주먹으로 말아 쥐며 살짝 들자, 그게 정지 신호임을 알고 있는 호찬과 민석이 그 자리에서 자세를 숙이고 정지한다.

　이 신호는 아마도…….

　'근처에 있다!'

　인기척을 느낀 도훈이 빠르게 시야를 확보한다.

　여기까지는 서포터즈가 보내온 정보에 의해서 찾아올 수 있었다. 하지만 상세한 위치까지는 도훈도 잘 모르는 상황.

　─앨리스!

　전음을 날리는 도훈에게 앨리스가 남들에게 보이지 않는 투명화 프로그램을 시전하며 근처에 모습을 드러낸다.

　─녀석은 어디 있어?

　─오른쪽 위치에… 수풀 속에 숨어 있어. 아마도 너희가 온 것을 눈치챈 모양인가 봐.

　─오케이.

　서로가 서로의 존재를 눈치챘다면 이제부터는 막 나가도 된다.

　앨리스의 말을 듣자마자 도훈이 양손을 머리 위로 들어 올리며 목소리를 높인다.

　"이봐, 탈영병 아저씨. 거기 있는 거 아니까 숨어 있지 말고 모습을 드러내시지."

　"……."

"당신에게 적의가 있는 것은 아니니까. 일단 대화나 좀 해 보자고. 남자답게."

조폭 출신이라는 점을 고려해서 도훈이 일부러 '남자답 게'라는 말을 강조한다.

그게 통한 것일까.

"…젠장."

욕지거리를 내뱉으며 수풀 속에서 모습을 드러내는 한 남 자가 도훈을 응시한다.

혀를 차면서 모습을 드러낸 조폭 훈련병.

우람한 체격에, 한쪽 눈 밑에 흉터가 그어져 있는 험상궂은 인상을 뽐내며 등장했다.

도저히 군대 생활에 적응하지 못해서 탈영을 한 사람으로 는 보이지 않는다.

아니, 오히려 '조직'이라는 깍두기 형님들 사이에서 조폭 생활을 하다 왔으면 오히려 군대 생활에 잘 적응할 수 있는 거 아닌가. 그런데 어째서 이 녀석은 왜 탈영이라는 극단적인 선택을 한 것일까.

"내가 여기 있다는 거, 어떻게 알았냐."

물론 도훈이 타 부대 인원이라고는 하지만, 상병 앞에서 대 놓고 말을 놓는 훈련병의 패기에 도훈이 순간 움찔할 수밖에 없었다.

하지만 이 녀석을 다시 군대로 돌려보내야 한다.

녀석을 위해서도, 그리고 이도훈을 위해서도.

"좋게 말하마. 훈련소로 돌아가라."

"싫다면?"

"강제로 제압하는 수밖에 없다.

"훙. 허세 하나는 봐줄 만하군. 고작 3명이서 나를 상대한 다고?"

얼마나 싸움을 잘하기에 성인 남성 3명을 상대로 '고작' 이 라는 단어를 쓸까.

도훈이 알고 있는 정보로는, 그리고 앨리스를 통해 얻은 정 보로는 분명 저 훈련병은 맨손이다. 무기가 있는 것도 아님에 도 불구하고 저런 말을 할 정도면, 주먹 꽤나 쓰는 모양인가 보다.

'…자존심 하나는 있는 놈이구만.'

얌전히 돌아갈 생각으로 보이지는 않는다.

물론 여기서 도훈이 저 녀석을 놓친다 하더라도 주변 일대 를 포위하고 있는 다른 병사들에 의해 잡힐 수밖에 없다.

하지만 가급적이면 도훈은 자신의 손으로 훈련병을 돌려 보내고 싶다.

그래야 공로가 인정되니까 말이다.

"이도훈 상병님, 저희는……."

뒤에서 민석이 작은 목소리를 유지하며 호찬과 자신도 나 서야 할지에 대한 여부를 묻는다.

그러나 도훈은 민석을 제지시킨다.

"일단 내가 혼자 해결해 볼게."

"예, 조심하시기 바랍니다."

곧장 꼬리를 내리는 민석의 태도에 도훈이 혀를 찰 수밖에 없다.

하기야, 저런 위엄 넘치는 덩치를 앞두고 용기 있게 나설 사람은 대한민국에서도 손에 꼽을 정도다.

하지만 도훈은 이 순간만큼 정의로운 사내가 되기로 결심했다.

왜냐하면, 새로 부여받은 '권한'을 시험해 보고 싶어서이기도 때문이다.

"씨발… 그래, 좋나게 맞짱 함 뜨자."

조폭 훈련병이 손목을 풀며 천천히 도훈을 향해 다가온다.

역시나 위협적인 모습. 그러나 도훈은 그저 여유가 넘치는 웃음을 흘릴 뿐이다.

"오늘… 오랜만에 내 손에 피를 묻히겠군."

"뭔 개소리냐."

"그냥 한 번 해본 소리다."

사실 피를 묻힌 적도 없지만 말이다.

도훈이 차원관리국으로부터 새롭게 부여받은 권한은 '전음' 뿐만이 아니다.

대(對)피드백을 상대로 부여받은 권한 중 하나.

바로 '포스'의 변형판이라고 할 수 있는 능력, '셀프 포스(Self Force)'를 시험해 보기 위해서 이번 일을 도맡은 것이다.

  '어디 한 번 시험해 볼까!'

  본래 포스라 함은, 차원관리자인 다이나의 물리적인 개입을 일시적으로 허락하는 도훈의 권한. 하지만 셀프 포스는 다이나가 아닌 도훈이 스스로 다이나와 비슷하게 차원관리자의 이능력을 자신의 몸에 적용시켜 상식 밖의 힘을 낼 수 있는 권한을 뜻한다.

  이건 저절로 인과율 제한선을 지키게끔 알맞게 작용하기에 도훈의 셀프 포스 사용 횟수에는 제한이 없다.

  "덤벼라."

  "이 새끼 봐라!!!"

  조폭이 오른손 주먹을 말아 쥐고 도훈을 향해 휘두른다.

  육중한 파워!

  하지만 도훈의 시선에는 조폭 훈련병이 너무나도 느릿한 모습으로밖에 보이지 않는다.

  '이게… 셀프 포스인가!'

  슬로우 모션을 보는 듯한 조폭 훈련병의 모습. 사실 도훈은 시험 삼아 셀프 포스를 사용한 적이 처음인 데다가, 사람과 이렇게 직접적으로 싸울 수 있는 순간에 사용해 본 적은 없다.

  왜냐하면 군대 내에서 서로 계급장 떼고 주먹다짐을 할 일은 아주 극단적인 경우 아니면 없으니까 말이다.

부웅―!

"엇?!"

자신의 주먹이 너무 어이없이 빗나가자, 조폭이 헛숨을 삼킨다.

순간 비어버린 조폭의 복부!

"으라챠챠챠!"

도훈이 붕권 자세로 조폭의 복부를 향해 오른 주먹을 꽂아 버리자, 조폭의 덩치가 순간 공중에 미약하게 부웅 떠오르더니 이내 순식간에 2미터 정도 뒤로 날아가 버린다.

"컥!!!"

고통스러운 신음과 함께 그대로 날아가 버린 조폭.

땅에 떨어지고 나서 한동안 충격을 받았는지 믿을 수 없다는 시선으로 도훈을 바라본다.

물론 그건 당사자인 도훈도 마찬가지다.

'과연… 역시 인과율 수치 제한선이 적용되어 있어서 다이나가 사용한 능력에 비해 턱없이 약하군.'

하지만 그렇다 해도 인간계에서는 누가 봐도 대단한 힘이다.

족히 100㎏는 나갈 거 같은 거구를 뒤로 날려 버린 파워 아닌가.

차원관리자와 싸우기에는 턱없이 부족한 힘일지 모르지만, 인간을 상대로 하기에는 어이가 없을 정도로 강하다.

그것이 바로 셀프 포스!

'굉장하구만, 이거……!'

물론 영원히 쓸 수 있는 힘은 아니다. 도훈이 무사히 군대를 전역할 때까지 쓸 수 있는 일시적인 기간 한정 능력이다.

'이런 좋은 능력을 이제서야 주다니… 이것만 있으면, 유격 훈련 때도 고생 안 했잖아!'

때늦은 대응 방침이 마치 대한민국 정부의 방침을 보는 듯해서 도훈의 심기가 매우 불편해진다.

하지만 셀프 포스의 힘을 만끽한 탓에 그건 잠시 용서해 주기로 한다.

"씨발… 이것이 뭐시다냐……."

조폭도 도훈의 힘에 놀랐는지 어이가 없다는 식으로 말을 한다.

뒤에서 보고 있던 민석과 호찬은 이미 입이 떡 벌어진지 오래다.

"봤냐, 이게 나의 힘이다."

"힘은 개뿔! 우연일 뿐이겠지!"

다시금 조폭이 이도훈 무서운 줄 모르고 덤벼든다.

그러나 셀프 포스가 발동된 도훈은 육체적으로 이미 인간의 한계를 뛰어넘은 실력을 보유하고 있다.

"흡!"

조폭의 주먹을 가볍게 피하고 그대로 안면에 카운터를 먹인다.

뻐어어어억!!!

찰진 마찰음과 함께 그대로 바닥에 처박히는 조폭 훈련병이 침음성을 터뜨린다.

"헉?!"

가벼운 뇌진탕을 일으킬 정도로 충격을 받은 조폭 훈련병을 향해 도훈이 가볍게 혀를 찬다.

"아직도 더 할 거냐."

"씨… 씨발… 이런 말도 안 되는 일이……!"

"허세 그만 부리고 얌전히 훈련소로 돌아가라. 그게 너를 위한 일이야."

"난… 아, 안 돼… 돌아갈 수 없다… 돌아가서는 안 돼!!"

"군대에서 누가 괴롭히기라도 하냐? 훈련병 주제에 뭐 벌써부터 군대 부적응 타령이냐."

"……."

아무리 봐도 부적응으로 보이지는 않는다.

필히 무슨 사연이 있어 보이는 조폭의 시선에 도훈이 다시금 말을 잇는다.

"입을 다물어봤자 너만 손해다. 아니면 침묵을 지키는 게 남자다운 거라고 생각하냐? 그렇다면 오산이야. 니 상황을 타인이 알아주기만을 바라고 있지 말라고. 그건 남자가 아니라 어린아이들이나 하는 짓이야."

"이 새끼가……!"

다시 덤벼들려던 조폭이 순간 주먹을 멈춘다.

도훈이란 남자는 필히 자신보다도 압도적인 힘을 지니고 있다.

하지만 그럼에도 불구하고 훈련소로 끌고 가지 않는다.

오히려 대화를 나누려고 시도하는 상대의 태도인데, 자신은 무턱대고 그 호의를 거절하고만 있는 게 아닌가.

"……."

머리를 삭히기 시작하던 조폭이 도훈의 전투복을 바라본다.

"너… 여기 병사가 아니군."

"분대장 교육대 때문에 타 부대에서 전입해 왔다."

"…믿어도 되냐?"

"너한테 들은 이야기는 필요에 따라 이용 가치가 있을지도 몰라."

"호, 혹시 휴가도 나갈 수 있나?!"

"…일단 들어나 보자."

아무래도 바깥에 무슨 일이 벌어진 모양이라고 생각한 도훈이 일단 말해보라는 태도를 유지한다.

그러자 조폭이 갑자기 땅을 내려치더니 굵은 눈물을 뚝뚝 흘리기 시작한다.

"큰형님께서… 돼지머리파에 당해서 쓰러졌다고 했다……!"

"뭐? 돼지머리?"

"그렇다! 돼지머리파! 그 씨발 새끼들이 갑자기 우리 구역까지 침범하더니… 얌전히 상권 질서만을 책임지던 우리 소머리파를 뒤집어놨다고!!"

돼지머리파니 소머리파니.

이도훈 스스로도 네이밍 센스가 없다는 건 이미 차원관리국에서는 법칙이 되다시피 퍼진 사실이지만, 눈앞에 있는 조폭과 그 일당들은 더 네이밍 센스가 없는 것으로 보인다.

좀 더 멋있는 조직명이 없었나 생각해 보던 도훈이었지만, 그 고민의 찰나도 허락하지 않는 듯이 연신 조폭 훈련병의 말이 이어진다.

"형니이이임!!!"

"이런 씨발 놈을 봤나?! 내가 왜 니 형님이냐!"

갑자기 조폭 훈련병이 도훈의 바짓가랑이를 잡더니 울며 불며 외친다.

"제발 저 좀 도와주십시오! 형님의 그 능력이라면 충분히 돼지머리파를 몰아내고도 남을 수 있을 겁니다요!!"

"니들 일은 니들이 알아서 해결해!"

"같은 부대원이 될 사이인데, 섭섭하십니다요!"

"…뭐?!"

"그 마크, 28사단 아닙니까? 저도 28사단으로 배정받았습니다!"

"…야, 너 혹시 부대가……."

"123대대라고 들었습니다만……."

"이런 좆같은 경우를 봤나!!!'

아직 도훈과 같은 알파 포대는 아니지만, 설마 같은 대대에 배정이 될 줄은 도훈도 몰랐다.

설마 도훈이 예측하지 못한 피드백인가?

그런 의문이 들 무렵…….

"잠깐만 기다려라."

실제로 피드백에 연관되어 있다면, 이건 가만히 넘어갈 일이 아니다.

—다이나, 듣고 있었지.

—그래.

—이거 혹시 피드백 맞냐?

—확인해 보니까 맞다고 하더라.

—이런 썅!

하지만 그렇다고 여기서 조폭을 못 본 척할 수도 없다.

만약 이대로 훈련소로 끌고 들어가면, 다시 언제 탈영을 할지도 모르니까 말이다.

"…알았다, 알았어. 해결해 주면 되잖아."

"감사합니다, 형님!"

"시끄러워, 누가 니 형님이냐."

어쩔 수 없다는 듯이 머리를 긁적이던 도훈이 민석에게 묻는다.

"민석아, 미안한데. 저기 구석에 숨어 있는 조교 아저씨한테 잠시 내가 말하는 분 좀 만나게 해주실 수 없는지 물어봐 줄래?"

"무슨 말씀이신지……."

"그냥 모른 척해."

"예, 알겠습니다."

후다닥 발걸음을 옮기는 민석의 뒷모습을 보며 도훈이 나지막이 한숨을 내쉰다.

외부에서 거대한 피드백이 발생하고 있다면 하루라도 빨리 제압을 해야 된다.

그리고 그 하루라도 빨리라는 뜻은…….

'오늘이겠지.'

"뭐? 훈련병을 데리고 잠시 전곡에 나갈 수 없냐고?!"

말도 안 된다는 듯이 버럭 소리치는 훈련소 행보관.

기가 막힌 눈으로 도훈을 바라보지만, 이내 도훈의 말에 뭔가 뜻이 있음을 알아차린다.

"행정실에 있는 탈영병이랑 관련된 이야기냐."

"예, 그렇습니다."

"구체적인 이유는?"

"죄송합니다, 지금은 말씀드릴 수 없습니다."

"흐음……."

상당히 골치가 아프게 되었다는 듯이 침음성을 흘리는 훈련소 행보관.

어차피 도훈이 있는 그대로의 사실을 말해준다 해도 행보관은 전혀 믿어주지 않을 것이다. 그렇기에 도훈은 가장 신뢰가 있는 훈련소 행보관에게 양해를 구한 것이다.

"…알았다, 내가 어떻게 해서든 대대장님을 설득해 보마."

"감사합니다, 행보관님!"

"다만, 저 탈영병이 이상한 짓 하지 못하게 병사 몇을 데리고 갈 거다. 알겠냐?"

"예! 알겠습니다!"

훈련소 행보관의 차를 타고 달려온 전곡의 시내 부근.

조교 1명과 도훈의 자대 후임인 이민석, 그리고 도훈과 조폭 훈련병, 이상남과 훈련소 행보관의 차를 타고 어느 특정 지역에 내린다.

"저 건물입니다……."

상남이 손가락으로 어느 한 유흥업소를 가리킨다.

상당히 거대한 규모의 나이트클럽. 아직 시간이 시간인지라 업소는 오픈을 하지 않았다.

"여기에 네가 말했던 그 돼지머리파인지 뭐시긴지 하는 놈들이 모여 있냐?"

"예! 형님!"

"누가 네 형님이냐, 아무튼 여기서 행보관님과 기다리고 있어라."

"혀, 형님?! 혼자서 가실 예정이십니까?"

"시끄러워. 후딱 끝내고 다시 훈련소로 가야지. 안 그래도 지금 난 분대장 교육대에서 상점 딸 수 있는 찬스를 니 새끼 때문에 몇 번 날려먹었단 말이다."

퉁명스럽게 말한 도훈이 민석과 행보관에게 외친다.

"이 녀석은 차에 두고 저 혼자 갈 겁니다."

"이도훈 상병님! 도대체 뭘 하시려고……."

민석이 여전히 이해가 안 된다는 표정으로 묻지만, 도훈은 그저 짜증 섞인 목소리를 내뱉을 뿐이다.

"30분 내로 돌아올 테니까 기다리고 있어."

"예, 예!"

그리고 천천히 유흥업소 뒷문을 향해 걸어간다.

어차피 여기서부터는 도훈이 혼자서 행동하는 편이 좋다.

왜냐하면…….

─다이나.

─이제야 겨우 모습을 드러낼 수 있게 되었군.

사라락.

특유의 효과음과 함께 검은 정장 차림의 금발 미인, 다이나가 모습을 드러낸다.

뿐만 아니라 그녀의 뒤에 이어 앨리스, 그리고 트위들까지.

이도훈 서포터즈 멤버, 전원 출동 완료.

"이도훈, 어디까지나 말하는 거지만, 우리는 인과율이 비정상적으로 상승한 피드백이 있을 경우에만 행동할 수 있어."

"나도 충분히 알고 있다고."

다이나의 말에 다시금 도훈이 혀를 차며 말한다.

이도훈 서포터즈는 피드백 저격용 보험수단이다.

뒷문으로 돌아간 도훈이 모습을 드러내자, 양복을 입은 채 담배를 피우고 있던 덩치 큰 남자들이 도훈을 힐끗 바라본다.

웬 군복을 입은 남자가 자신들에게 걸어오는 게 아닌가.

"야, 군바리. 여기가 어딘 줄 알고… 억!!!"

도훈의 주먹이 남자의 복부에 꽂힌다.

눈에 보이지 않는 빠른 주먹에 순간 남자가 비명을 지르며 그대로 바닥에 고꾸라진다.

"야, 시간 없으니까 후딱 돼지머리파인지 뭐시긴지 하는 놈들 전부 다 데리고 와라."

도훈의 말에 남자들이 어이가 없다는 듯이 말한다.

"이런 군바리 새끼가!!"

"한번 뒤져봐라!!"

역시 조폭이라고 할까.

말보다 주먹이 먼저 튀어나온다.

도훈은 이미 충분히 예상하고 있었다는 듯이 쓴웃음을 지으며 셀프 포스를 발동한다.

빠아아아악!!!

가볍게 발로 철문을 걸어 차자, 철문이 마치 종잇조각마냥 그대로 날아가 건물 안으로 내팽개쳐진다.

입구에 위치해 있던 조폭 5명을 순식간에 제압한 도훈이 먼저 건물 내부로 들어오자, 이미 도훈의 침입 사실을 접했는지 3명의 조폭이 각자 방망이와 나이프를 들고 도훈을 습격한다.

먼저 달려오는 녀석에게 그대로 크로스 카운터로 안면에 주먹 한 방.

그리고 뒤이어 달려오는 두 명 중 한 명의 다리를 걸어 차 버리고, 나머지는 정강이를 걸어차 버린다.

"꾸웩?!"

"……!!!"

누가 돼지머리파 아니랄까 봐, 돼지 멱따는 비명 소리와 함께 순식간에 3명이 바닥에 쓰러지며 고통을 토로한다.

셀프 포스가 발동된 이상, 도훈을 상대할 수 있는 사람은 존재하지 않는다.

도훈의 비정상적인 강함에 공포로 물든 돼지머리파 조직원들.

그런 조직원들에게 도훈이 여전히 기분 안 좋은 얼굴로 말한다.

"니들 때문에 지금 내 상점 얻을 타이밍이 없어졌다. 그거 아냐?"

"무, 무슨 소리……."

"잔챙이는 그만 보내고, 슬슬 보스가 나올 타이밍 아니냐? 여기 있는 부하들까지 불구로 만들어 버리기 싫다면 모습을 드러내라."

도훈의 말에 멀찌감치서 등장하는 중년의 남성이 좌우로 다수의 조직원들을 대동한다.

한눈에 보아하니 돼지머리파의 실질적 보스로 보인다.

"누구냐, 넌."

"보다시피 일개 군인이다."

"군인이 고작 우리들을 떼려눕히기 위해 왔다고?"

"어차피 법에 의해 심판당할 나쁜 짓을 엄청 많이 저질렀을 거 아니냐. 그럼 내가 대신 깽판 부려주마."

"이런 미친 군바리 새끼가……!"

보스의 손짓에 무수한 조직원들이 덤벼든다.

그러나.

―야, 서포터즈들아. 이 정도 난동 부렸으면 인과율 수치가 엄청나게 높아졌지 않겠냐?

도훈이 노리는 것은 바로 이들을 일망타진할 계획.

일부러 난동을 부려 있을 수 없는 일들을 만들어내고, 피드백을 기하급수적으로 상승시킨다.

그러면 그럴수록 도훈의 셀프 포스 권한이 상승하면서, 더불어 차원관리자들의 개입이 가능해진다.

"어이가 없어서 웃음이 나올 정도야. 일부러 자기가 직접 피드백을 높일 생각을 다하다니."

쿠구구구궁!!

거대한 흔들림과 동시에 다이나가 혀를 차면서 도훈을 바라본다.

순식간에 도훈의 앞에 강림한 3명의 여성.

"개입 가능이야."

앨리스가 윙크하며 도훈의 질문에 대답한다.

이것으로.

이번 일은 해결된 거나 다름없다.

"그럼 실컷 난리쳐 보자고!"

도훈이 셀프 포스의 기력을 끌어올리며 차원관리자들보다 선두에 선다.

그의 주먹이 휘둘러질 때마다 순식간에 낙엽처럼 쓰러져 가는 조직원들.

그리고 갑자기 소환된 3명의 여자는 적어도 도훈보다 강한 면모를 보인다.

"마, 말도 안 돼……!"

이성을 상실한 조직의 보스가 엉덩방아를 찧는다.

멀쩡히 서 있는 조직원들이 보이지 않을 무렵.

"이제 그만 슬슬 알아서 꽁무니 빼고 철수해. 이 일대는 조폭보다 무서운 군바리가 있으니까 앞으로 얼씬도 하지 말고."

도훈의 경고 한마디에 모든 상황이 종료되는 순간이었다.

다시 훈련소로 돌아오는 도중에, 도훈에게 연신 고맙다며 절까지 할 기세로 달려드는 이상남 덕분에 짜증을 부릴 수밖에 없었다.

그리고 분대장 교육대 네 번째 날이 밝아온다.

"그 녀석, 자대로 갔겠지?"

호찬이 거의 마지막 분대장 정신교육을 받던 중, 문득 상남이 떠올라 도훈에게 묻는다.

시기상으로는 어제 자대 발표가 나고 곧장 자대로 갔어야 할 놈이지만, 탈영이라는 극단적인 사고를 일으킨 덕분에 오늘 아침에서야 자대로 출발했다고 한다.

그리고 도훈이 약간 뒤에서 입김(?)을 넣어준 덕분에 아마 자대 배치 이후 2—3일 뒤에 신병위로휴가를 써서 소머리파 큰형님도 찾아뵐 예정이라고 들었다.

물론 그 휴가를 양도한 것은 다름 아닌 이도훈이었다.

'내가 쓰려던 휴가를 설마 쌩판 모르 남에게 줄 거란 생각은 하지도 못했는데…….'

어차피 같은 123대대원이다. 포상휴가 양도는 지금까지 도훈이 123대대에서 세운 공로가 많았기에 특별히 대대장의 허가하에 이뤄질 수 있었다.

오히려 신병에게 휴가를 양도하자, 대대장은 이도훈이 신병을 챙길 줄 아는 마음 따뜻한 선임이라며 오히려 칭찬까지 해줬다.

사실 그게 아닌데 말이다.

"포상 휴가 따려고 분대장 교육대에 왔는데, 오히려 포상 휴가를 뺑 뜯길 줄이야."

게다가 돼지머리파를 쓸어버리느라 시간까지 낭비한 탓에 상점을 얻을 기회도 다수 날려 버렸다.

그래도 돼지머리파가 철수했기 때문에 소머리파는 다시 본래의 영역으로 돌아올 수 있었고, 서서히 안정을 찾아간다는 뒷이야기도 앨리스를 통해 접할 수 있었다.

그리고 분대장 교육대 퇴소 당일.

"성적 우수자, 이민석, 정호찬!"

퇴소식 때 성적 우수자로 4박 5일 포상휴가를 받은 것은 민석과 호찬이었다.

이들은 도훈의 도움을 받아 초반부터 다수의 상점을 획득했기에 어렵지 않게 성적 우수자의 반열에 오를 수 있었다.

반면, 도훈은 피드백과 얽히는 바람에 순위권에 들지 못했으나, 그래도 상위 10% 안에는 드는 기염을 토해냈다.

"고마웠다, 도훈아."

"나중에 또 봐, 호찬이 형."

도훈이 호찬과 헤어지기 전에 악수를 한다.

뒤이어 각자 자대로 향하는 포차에 몸을 싣는다.

파란만장했던 분대장 교육대였지만, 결국 목표했던 포상 휴가는 따지도 못하고 자대로 돌아온 도훈.

"오, 왔냐!"

포차에서 내리자, 기다리고 있었다는 듯이 철수가 손을 흔들며 도훈과 민석을 맞이해 준다.

"그래, 고생만 주구장창 하고 왔지."

"어허, 그러냐? 야! 안 그래도 신병 왔다."

"뭐?! 신병이라니!"

도훈의 머릿속에 순간 불길한 예감이 든다.

설마…….

아니, 아무리 그래도 설마 이상남이 자신의 부대로, 그것도 같은 분과 신병으로 오진 않을 거라 제발 간절히 비는 도훈의 마음이 하늘에 닿았을까.

"태풍! 이병 이근성입니드아!!"

특유의 끝이 늘어지는 인사법으로 거수경례하는 근성의 모습에 도훈이 안도의 한숨을 내쉰다.

"사람 놀래키지 좀 마라, 김철수."

"신병 보는 게 놀라운 거냐?"

"난 또 이상남이라는 철거머리 녀석이 후임으로 들어왔다고 한 줄 알았잖냐."

진심으로 십년감수했다는 듯이 한숨을 내쉰다.

이상남이 사람은 참 좋고 의리 넘치는 의리의리한 녀석인데, 자꾸 도훈보고 형님, 형님거리면서 따라다니는 게 짜증나기도 했다.

그래도 이상남이 아니라서 다행이라고 생각하던 도훈이었으나…….

"어? 너 어떻게 다른 신병 이름을 알고 있는 거냐?"

"…설마……!"

도훈의 동공이 크게 흔들린다.

그리고 설마가 사람 잡는다고 했던가.

근성의 뒤를 이어 막사에서 모습을 드러낸 익숙한 남자가 거수경례를 하며 외친다.

"형님 오셨습니까! 태풍!!! 이병 이상남! 인사드립니다!"

"신병이 2명이었냐!!! 이런 씨발, 좆같은 군대—!!!"

이것이 바로 운명의 장난이라는 것일까.

도훈의 군 생활이 점점 꼬여가는 소리가 들려오는 건 필시 착각이 아닐 것이다.

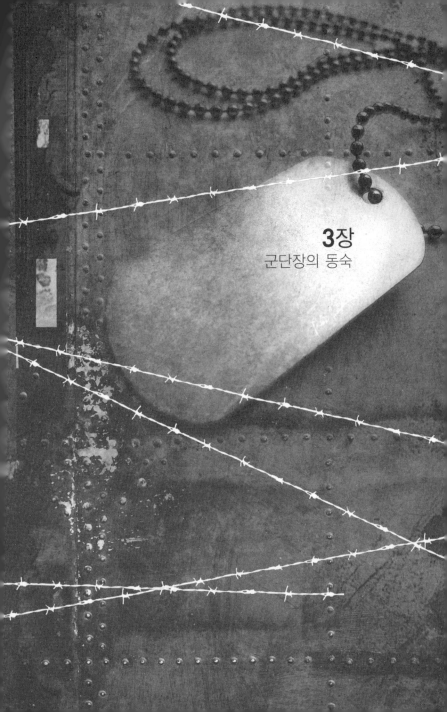

3장
군단장의 동숙

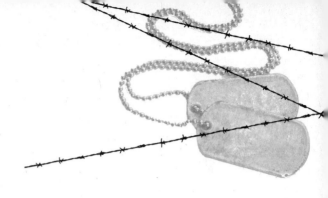

　전방포대로 이전해 온 지도 이제 근 한 달이 다 되어가기 시작한다.

　그동안 여러 가지 일이 있었지만, 무엇보다도 가장 큰 일이라고 한다면 바로 재수와 범진의 전역, 그리고 근성과 상남의 전입을 꼽을 수 있을 것이다.

　2명이 나가고, 2명이 새로 들어왔다.

　하지만 도훈의 입장에서는 매우 불만족스러울 수밖에 없었다.

　근성이 자신의 분과로 신병으로서 전입해 온다는 사실 정도는 과거 기억을 통해 알 수 있었다.

하지만 상남의 존재는 전혀 예상하지 못한 변수로 작용했다고 볼 수 있다.

세상에, 조폭 출신 신병이라니.

이 어디 무서워서 뭐 심부름이라도 시키겠는가.

분명 도훈도 평범한 사람이라면 그런 생각을 했을 것이다.

하지만…….

"형님! 어디 불편한 곳은 없습니까!"

라든지, 혹은.

"형님! 물 떠왔습니다!"

아니면 이런 경우도 있다.

"형님! PX에서 바나나 우유를 사왔……."

"이런 씨발 놈을 봤나! 야! 니가 그렇게 일일이 나 부르며 뒤치다꺼리하니까 자대 사람들이 내부 부조리 일으키는 줄 알잖냐!!"

도훈이 결국 참다 참다 못해서 소리를 꽥 지르고 만다.

이제 막 대기기간이 풀린 근성과 상남. 하지만 대기 기간이든 뭐든 상남은 이전부터 도훈을 만나면 형님이라는 호칭과 함께 온갖 허드렛일을 떠맡으며 따르고 있었다.

그 이유는 다름이 아닌 도훈이 소머리파와 돼지머리파의 관계를 말끔히 정리해 줬기 때문이다.

도훈의 활약으로 인해 돼지머리파는 소머리파의 영역에 두 번 다시 침범하지 않겠다는 각서까지 썼고, 그 덕분에 소머리파는 안정적으로 자신들의 지역을 회복할 수 있었다.

여기까지는 도훈도 충분히 알 수 있는 대목이다.

하지만 도훈마저 예상하지 못한 부분은 다름 아닌 바로 이 점이다.

상남이 조직의 다음 후계자였다는 점이다.

남다른 덩치와 거친 남자의 외형이 상남의 위치가 그리 낮지는 않을 거라 예상하긴 했지만, 설마 조직의 후계자일 줄이야.

그런 조직의 후계자가 도훈을 보고 형님이라 말하면서 따른다.

그 밑에 부하들은 의심의 여지도 없을 것이다.

그나마 외부 일반인들이 쉽사리 들어올 수 없는 군대이기에 다행이지, 만약 사회였다면 시도 때도 없이 도훈의 집을 방문했을 것이다.

'군대가 고맙게 느껴진 적은 처음이군.'

하지만 군대 때문에 이렇게 상남과 만나게 되었다.

그런 의미에선 병 주고 약 준다는 그런 느낌일까.

"여하튼 형님, 형님이라고 부르는 거 그만해라. 여긴 사회도 아니고 군대다. 제대로 이도훈 상병님이라고 불러."

"예! 형님!"

"내 말 듣기나 한 거냐?!"

상남 덕분에 도훈의 스트레스는 나날이 쌓여만 간다.

반면, 상남보다 먼저 자대에 전입해 왔지만, 동기이기도 한

근성이 상남의 어깨를 두드리며 말한다.

"야, 이도훈 상병님이 화내시잖냐."

"…이런 잡놈을 봤나. 감히 소머리파 조직 정식 후계자인 나의 몸에 손을 대? 사시미로 배때기를 확 쑤셔뿔랴?!"

어이가 없다는 듯이 상남의 이마를 빠악! 때린 도훈이 말에 힘을 실어 강하게 말한다.

"야, 이상남."

"이병 이상남!"

"니가 바깥에서 조폭을 하고 왔다고 해도 난 크게 상관 안 한다. 하지만 군대 내에서 조폭이라는 신분을 강조하면서 사람들에게 겁을 준다면, 그건 내가 용서 안 한다. 사회는 사회고, 군대는 군대다. 군대에 왔으면 여기의 룰을 따르도록."

"예! 죄송합니다, 형님!"

"그리고 그 형님이라는 소리, 한 번만 더 했다가 아갈창에 이단옆차기를 선사해 줄 테니까 그리 알아라."

"예! 혀… 이, 이도훈 상병님!"

도훈의 진심 어린 살기를 느낀 상남이 흠칫하면서 도훈을 향한 명칭을 재빠르게 수정한다.

"하하하! 봐라, 동기여. 우리 서로 친하게 지내보자고."

근성이 연신 호쾌한 웃음을 터뜨리며 상남의 어깨를 툭툭 두드린다.

상남도 특이하다고 생각하지만, 근성 역시도 참 특이한 놈이다.

아무리 도훈이 이렇게 강제적으로 경고를 준다 해도, 조폭 생활을 하고 온 동기에게 이렇게 친하게 지낼 수 있을 만한 철판을 까는 근성도 참으로 대단한 놈이 아닐까 라는 생각이 절로 드는 순간이다.

하지만 근성의 이런 털털한 성격을 진작부터 알고 있는 도훈이었기에 크게 신경 쓰지 않고 자리에서 일어선다.

"어디 가십니까? 이도훈 상병님."

"외곽근무 나간다. 승주는 어디 갔냐?"

"저, 생활관에 오기 전에 행정실에서 강승주 이병 봤습니다."

"그래, 그럼 벌써 근무 준비하고 있겠구만."

역시나 강승주. 기억력의 달인답게 오늘도 여전히 까먹지 않고 행정실에서 일찍부터 근무 준비를 서두른다.

개인 장구류를 챙기고 천천히 행정실 안으로 들어서는 도훈.

그러자 도훈의 시야에 들어오는 것은 한창 준비에 분주한 승주와 더불어, 깔끔하게 전투복을 차려 입고 포대장 앞에서 거수경례를 하는 최수민 병장이었다.

"병장 최수민! 오늘부로 전역을 명 받았습니다! 이에 신고 합니다!"

"음! 그동안 수고했어!"

포대장이 손을 뻗자, 수민이 자신의 관등성명을 다시금 외치면서 포대장의 손을 마주 잡아 악수한다.

오늘은 최수민의 전역 날.

범진과 재수를 먼저 떠나보낸 통신분과 최수민이 개구리 마크를 단 전역모를 쓰고 포대장과 짤막하게 인사를 하고 있었다.

뒤이어 들어온 도훈의 인기척을 눈치챘는지, 수민이 씨익 웃으면서 도훈을 맞이한다.

"오, 왔냐. 형님."

"…최수면 병장님까지 그런 말을 하는 겁니까."

"하하! 요즘 들어서 하나포는 진짜 특이한 신병들만 모이는 거 같다. 이번에는 조폭 출신의 신병이라니."

"저한테는 재앙입니다, 재앙."

총기보관함에서 자신의 총을 꺼낸 도훈이 수민과 시선을 마주친다.

"가시면 또 부대가 심심하겠습니다."

"그러게 말이다. 기억나냐? 너하고 철수가 처음 자대에 전입해 올 때 내가 당직이었잖냐."

"물론 기억하지 말입니다."

"크큭. 설마 나한테도 이런 날이 올 줄은 몰랐다."

수민이 도훈을 툭툭 치면서 말한다.

"앞으로도 수고 많이 하고. 핸드폰 번호 우리 분과 애들한테 알려줬으니까 심심하면 언제든지 전화해라."

"예! 그동안 정말 수고 많으셨습니다!"

알게 모르게 통신분과 분대장으로서 전포 지원 역할을 착실히 수행했던 최수민.

그 역시 드디어 오늘로서 군인이 아닌 사회인으로 탈바꿈을 하게 된다.

외곽 근무를 준비하는 도훈과 승주는 행정실에 남아 있고, 나머지 병력들은 전역하는 최수민을 축하해 주기 위해 막사 바깥에 집결한다.

멀찌감치 행정실 창문을 통해 바깥을 바라보는 도훈의 시야에는, 최수민의 전역을 앞두고 이미 눈물바다가 된 통신분과 인원들의 모습이 들어온다.

그중에서도 최수민의 뒤를 이어 분대장 견장을 단 민석의 모습도 보인다.

'전역이라……'

이렇게 친하던 선임들이 하나둘씩 전역을 하니 도훈의 마음도 왠지 모르게 허전함을 느낄 수밖에 없었다.

전방포대의 특징은 외곽근무가 탄약고, 그리고 위병소 2개로 나뉜다는 것이다.

본래 123대대에 있을 때에 위병소 근무의 경우에는 본부포대가 도맡아 했다. 알파포대는 산언저리에 있는 외곽근무만 하면 됐었는데, 전방포대로 오면서 위병소 역시 전담해야 하는 상황이 벌어져 근 80명이 되는 인원으로 위병소와 탄약고 근무를 돌려야 하게 되었다.

게다가 위병조장 근무자까지 포함하면 위병소에 총 근무자가 3명이 들어간다.

선임자리 위병소 초소 안에 들어간 도훈, 그리고 승주가 후임자리 초소로 들어간다.

생각보다 전역자를 돌려보내는 시간이 길어져 본의 아니게 수민은 위병소 근무자들보다도 늦게 위병소에 도착할 수밖에 없었다.

전역모를 눌러쓴 최수민. 통신분과와 눈물의 이별을 한 것인지 눈시울이 잔뜩 붉어진 모습이 도훈의 눈에 포착된다.

하지만 이내 감정을 다스린 최수민이 씨익 웃으면서 도훈과 승주, 그리고 위병조장 근무자에게 외친다.

"잘 있어라!"

"그동안 수고했어, 수민이 형!!"

도훈이 아쉬움을 가득 담은 목소리로 수민을 불러본다.

도저히 떨어지지 않는 발걸음을 재촉하며 수민은 천천히 위병소 앞에 대기 중인 택시에 몸을 싣는다.

전역자의 마음.

아이러니하게도 도훈은 군 생활을 근 3년 정도 하고 있으면서도, 아직까지 전역자의 마음을 누려본 적이 없다.

왜냐하면 전역을 하루 앞두고 군 생활이 리셋되어 버렸으니까 말이다.

'…과연 기분이 어떨까.'

전역 날 하루 전 기분은 대략 어떤지 안다. 그러나 당일 날의 기분을 누려본 적은 없다.

그 기분을 누리기 위해, 도훈은 이렇게 열심히 군 생활에 임하고 있는 것일지도 모른다.

"하아… 저도 최수민 병장님처럼 전역하고 싶습니다."

맞은편에서 승주가 한숨 섞인 목소리로 말하자, 도훈이 피식 웃어 보인다.

예전에는 잔뜩 얼어 있던 승주였지만, 요즘 들어서 사람들과 친해지고 자대에 익숙해졌는지 저런 분위기 전환용 말도 가끔 툭 던지곤 한다.

"언젠가는 오겠지, 임마."

"이도훈 상병님도 얼마 안 남지 않으셨습니까?"

"글쎄, 일단 상병 꺾이고 나서부터 생각해 봐야지."

괜히 시간도 안 가게 일찌감치 D—Day를 셀 필요는 없다. 그것이 도훈의 군 생활 철칙 중 하나.

차라리 상 말, 혹은 병장 달고 나서부터 D—Day를 체크하는 게 훨씬 더 도움이 될지도 모른다.

"여튼 그렇다 치고, 근무나 제대로 서라, 강승주."

"예! 알겠습니다!"

군대에서 가장 중요한 것은 바로 암기.

승주의 천재적인 절대암기능력 덕분에 예전의 '비실이'라는 별명에 비해 승주의 평가는 날이 갈수록 급상승 중이다.

게다가 요즘은 후임(근성과 상남)까지 들어와서 그런지 더더욱 군 생활에 자신감이 붙은 모습이 실로 보기가 좋아 보인다.

'저대로 일병 진급시험도 무사히 통과해 주면 좋겠건만.'

승주의 가장 큰 약점은 바로 '체력'이다.

조금만 더 체력을 기르면 좋을 텐데, 안 그래도 요즘은 꾸준히 철수와 운동을 다니는 거 같으니까 그 점에 대해서는 철수에게 맡기면 될 거라는 생각을 품은 도훈의 시선에 익숙한 인물이 들어온다.

"이도훈."

"태, 태풍!"

멀찌감치서 걸어오는 제1포대 전포대장, 유리아가 도훈을 부른다.

"혹시 아직 민간 차량 들어온 거 못 봤어?"

"차량… 말씀이십니까?"

"아니, 됐어. 미안해, 괜히 근무 중에 이상한 말 꺼내서."

"아닙니다!"

다시 근무경계자세로 돌아간 도훈. 사실 유리아가 오기 전까지만 하더라도 초소 근처에 총기를 걸쳐놓고 농땡이를 피우고 있었지만, 좌경계총을 유지하며 마치 FM식으로 근무를 서는 듯한 모습을 보인다.

승주 역시도 도훈과 마찬가지로 FM식 위병소 근무 태도를 보여준다. 이병이라 하더라도 이미 승주의 머릿속에는 위병소 초소 근무에 대한 요령은 이미 다 숙지되어 있기 때문에 별다른 무리 없이 충분히 소화가 가능한 듯해 보인다.

'그나저나 무슨 일이지?'

아까부터 위병소 근처에서 뭔가 스마트폰을 매만지며 한숨을 내쉬는 유리아의 모습에 도훈은 의문을 품을 수밖에 없었다.

물어봐도 왠지 대답해 주지 않을 거 같기에 질문은 일찌감치 포기했다.

도훈에게 알려줄 정도의 사실이라면, 아까 차량에 관해서도 솔직하게 털어놨으리라.

'이럴 때 기억 재생 장치가 없는 게 아쉽구만.'

도훈이라 해도 항상 기억 재생 장치를 가지고 다니는 것은 아니다. 의외로 가지고 다니기 불편한 디자인으로 되어 있으니까 말이다.

게다가 유리아와 연관된 일이기 때문에 도훈으로서는 기억 재생 장치가 의미가 없을지도 모른다.

'무슨 일일까.'

궁금증이 더더욱 커질 무렵.

저 멀리서 등장하는 한 대의 검은 차량.

고급스러운 차량도 아니도, 서민의 향기가 물씬 풍기는 차량으로 보인다.

유리아의 친구? 아니면 아는 지인?

소박한 의구심을 품는 도훈이었지만, 유리아의 태도에 그 소박함은 순식간에 덩치를 부풀리기 시작한다.

"태풍! 이제 오셨습니까? 군단장님!"

군단장의 강림이었던 것이다!

별 3개의 강림!

예상치도 못한 군단장의 등장에 순간 할 말을 잃은 도훈과 승주.

특히나 승주 같은 경우에는 지금껏 무궁화 2개의 계급인 대대장만 본다 하더라도 오금이 저릴 정도로 벌벌 떠는 계급인데, 이등병 때 군단장을 만났다고 생각해 보면 기절하지 않은 것만으로도 대단하다고 할 정도다.

"태, 태푸우우웅!!! 근무 중 이상 무우우우우!!!"

위병조장이 잔뜩 얼은 표정으로 후다닥 나와 신분을 확인한 이후에 거수경례를 한다.

개인용 차량을 타고 온 군단장이 전투복 차림으로 짧게 헛기침을 내뱉으며 잠시 위병소 앞에 차를 주차시킨다.

"무슨 일로 오신 겁니까, 군단장님."

위병소 앞에서 유일하게 군단장에게 주눅 들지 않는 인물인 유리아가 먼저 군단장에게 다가와 질문을 던진다.

전방포대로 온다는 연락도 3분 전에 갑작스레 통화 하나만을 남기고 이렇게 깜짝 방문을 하고 만 것이다.

본래 깜짝 이벤트 같은 것을 싫어하는 사람은 아니긴 하지만, 그렇다고 갑작스레 부대 방문이라니.

군단장 자신은 무슨 생각이 있을지 모르지만, 막상 방문 부대 입장에서 보자면 심장이 멈출 정도로 위협적인 그런 사건이기도 하다.

"그다지 큰일로 온 것은 아니다."

그리고 어딘지 모르게 약간 심기도 불편해 보인다.

설마 전방포대가 마음에 안 든 것일지도 모른다.

승주와 도훈의 등에는 식은땀이 줄줄 흐르기 시작한다.

한편, 위병소로부터 즉각적으로 연락을 받은 포대장이 막사부터 위병소까지 전력으로 질주해 오며 뛰어오기 시작한다.

알파 포대장이 저리도 열정적으로 뛰는 모습을 실로 오랜만에 보는 도훈이었으나, 오늘만큼은 포대장의 입장을 이해해 줄 수밖에 없다.

다름 아닌 군단장이 아무런 소식도 없이 부대에 강림했는데 말이다.

"태, 태푸우우우웅!!!"

"음, 태풍!"

거수경례를 짧게 받아준 군단장. 주변에는 사단장도, 연대장도, 대대장조차 보이지 않는다.

말 그대로 나홀로 부대 시찰.

아니, 사실은 부대 시찰이 맞는지 아닌지도 판단이 불가능하다. 애초에 군단장이 무슨 볼일이 있어 이곳에 왔는지도 모르니까 말이다.

"부대가 많이 깔끔해졌구만."

"그, 그렇습니다!"

부대 이전 행사 때 군단장도 있었기에 얼마나 부대가 많이 깔끔해졌는지 즉각적으로 눈치챌 수 있었던 것이다.

이게 다 제1포대 행보관, 일명 작업의 신이라 불리는 행보관 덕분이다.

물론 그 밑에 희생당한 사병들의 원한을 재물로 바친 탓에 달성한 업적이지만.

포대장이 군단장을 안내하기 위해 위병소 안으로 들어서려던 찰나에.

―따르르르릉……

"아……."

난데없이 전화가 울리기 시작한 유리아가 황급히 통화 강제 종료를 누르려고 하지만, 그 손길을 군단장이 제지한다.

"괜찮다. 업무상으로 찾아온 것도 아니니까 그냥 편히 통화해라."

"예……."

군단장의 통화 허락 덕분에 유리아가 자신의 스마트폰 액

정화면에 나타난 상대방 이름을 확인한다.

그러자, 전혀 의외의 인물이 떠오른 탓에 살짝 놀란 얼굴을 한다.

"어머, 얘가 무슨 일로……."

"누구기에 그러냐?"

유리아의 반응에 궁금증을 표명하는 군단장이었다.

이걸 말해줘야 하나 말아야 하나 잠시 고민하던 유리아가 이윽고 솔직하게 털어놓기로 하고선 이름을 말한다.

"예하입니다만……."

"예하가?"

"네, 그렇습니다."

예하라 함은, 군단장의 친딸이기도 하다.

유리아와 사촌지간이고, 나이도 비슷해서 자주 친구처럼 어울려 다니기도 하는 그런 사이다.

그런 예하가 이 시간에 전화를 하다니.

"잠시 통화 좀 하고 오겠습니다."

"그, 그러려무나… 아니, 받지 마라. 내가 나중에 따로 전화할 테니까."

예하라는 이름을 듣자마자 군단장의 이마에 살짝 식은땀이 맺힌다.

순간 그 모습을 포착한 것은 다름이 아닌 이도훈.

'무슨 일이지?'

난데없이 통보조차 하지 않은 채 123대대도 아니고 전방포
대로 급습한 군단장. 그리고 방금 전까지 통화를 허가한다고
해놓고서 이제와서 자신의 딸이 전화를 걸어오니 받지 말라
고 만류하는 군단장의 행태에 뭔가 수상함을 느낀 도훈이었
으나…….

군단장이 수상한 태도를 보이는 이유를 전혀 모르겠다.

기억 재생 장치가 있어도 아무런 소용이 없다.

왜냐하면 도훈의 기억 속에는 군단장이 전방포대를 방문
한 역사가 전혀 없으니까.

기껏해야 사단장이 한 번 왔었을 뿐이다.

그때, 분명 동숙을 하기 위해 왔었는데…….

'설마…….'

아니겠지 하는 생각으로 고개를 절레절레 흔드는 이도훈.

제발 자신의 머릿속을 스치고 지나가는 불길한 느낌이 적
중하지 않았으면 하는 마음가짐으로 다시 위병소 초소 선임
자리로 돌아간다.

이윽고 얼마 지나지 않아서, 군단장이 도착했다는 소식이
사방으로 퍼지며 사단장을 비롯해 연대장, 대대장 등 별들과
무궁화들의 모습이 연달아 전방포대의 작은 위병소를 통과해
안으로 들어간다.

지금까지 몇 대의 차량을 검문했는지조차 기억이 안 날 정
도로 많은 차량을 맞이한 도훈이 잔뜩 지친 얼굴로 근무교대

를 하기 위해 터벅터벅 막사로 올라간다.

"…왠지 막사로 올라가는 게 두렵습니다."

옆에서 같이 막사를 향해 걸어가는 승주의 말에 도훈도 진심으로 공감한다는 듯이 말한다.

"나도 마찬가지다, 임마."

막사 위로 올라가면 말 그대로 별들의 전쟁.

그 누가 막사로 가고 싶어 하겠는가.

그래도 가야 하는 게 바로 전방포대 병사로서의 숙명이기에 어쩔 수 없이 막사로 향하는 이들의 눈앞에, 상당히 이색적인 풍경이 들어오고 있었다.

"야, 김철수. 너, 뭐하냐?"

"얌마, 일 났다, 일 났어!"

도훈을 이제야 발견한 철수가 헐레벌떡 뛰어온다.

병사 10명이 달라붙어 연병장 한가운데에 난데없이 CP텐트를 세우는 게 아닌가.

훈련도 아닌데 왜 갑자기 텐트 작업을 하는지에 대한 궁금증을 품은 도훈에게 철수가 그간의 사정을 한마디로 요약한다.

"구, 군단장님께서… 당분간 동숙하신다고!"

그것은 사단장의 동숙보다도 훨씬 강한 파워를 지닌 선언이었다.

게다가 그 동숙이 막사 내에서도 아닌, CP텐트를 치고 연병장에서 자겠다니.

"구, 군단장님! 막사를 비워둘 테니 그곳에서 주무시는 게……."

대대장이 연신 굽실거리며 군단장에게 제발 실내에서 머물라는 이야기를 하지만, 군단장은 연신 손사래를 치면서 이들의 말을 부정한다.

"어허! 내가 갑자기 찾아온 건데, 병사들한테 폐를 끼치면 안 되지. 훈련이라고 생각하고서 바깥에서 자면 되니까 너무 걱정하지 마라."

"그, 그래도……."

안절부절못하는 대대장과 포대장의 모습이 안쓰러울 지경이다.

세상에, 군단장을 바깥에서 재우고 자신들은 따스한 실내에서 자겠다니.

물론 한창 여름 때인지라 저녁에 그리 춥진 않을 테지만, 산골짜기 지역이라 그런지 모기에는 엄청나게 취약한 장소가 바로 이 전방포대다.

"형님, 정말 바깥에서 주무실 생각이십니까?"

어쩔 수 없이 군단장과 친족 사이인 사단장이 먼저 손수 칼을 뽑는다.

사단장이 나서자, 군단장이 연신 고개를 끄덕이며 병사 10명의 힘으로 순식간에 완성시킨 CP텐트를 보면서 말한다.

"당연하지. 한번 결심한 것은 끝까지 지킨다. 그게 나란 남자니까."

"그것보다 도대체 무슨 일로 갑자기 전방포대까지 오셔서 동숙을 하시겠다는 겁니까? 이 동생은 전혀 이해가 안 됩니다."

"넌 그저 잠자코 다물고 있으면 된다. 제수씨한테도 말하지 말고."

"……?"

아까도 그렇고, 유독 가족 이야기가 나오면 말하지 말라느니 아니면 비밀로 하라느니 하는 수상한 행동을 보인다.

멀찌감치서 앨리스를 통해 일찌감치 천리안을 발동시키고 있던 도훈이 텐트 설치를 마치고 생활관에서 쉬고 있는 인원들과 함께 군단장 패거리(?)를 감시하며 실시간으로 정보를 전달받는다.

―…라는데?

앨리스의 최종 보고가 끝나자, 도훈이 속으로 의구심을 더더욱 키워간다.

'뭔가 수상하군.'

가족 문제인가.

유리아의 가정사만큼 심각해 보이지는 않는다. 하지만 무슨 변심이 있어서 갑자기 전방포대로 오게 되었는지 그 원인을 모르는 게 답답할 뿐이다.

도훈이 답답한 이유는 다름이 아닌, 근본적인 문제가 해결이 되어야 군단장이 다시 집으로 돌아가기 때문이다.

오늘 하루도 아니고 당분간이라니.

군단장이 머물고 있다는 사실 하나만으로도 엄청난 스트레스를 받는 전방포대 인원들의 피를 말리게 할 생각인지도 모른다.

―알았어, 수고했다, 앨리스. 들어가서 쉬어라.

―다음에 또 필요한 게 있으면 나 말고 트위들디 선배를 불러.

―그 녀석은 부를 때마다 투정이잖아.

보나마나 또 드라마 시간 놓쳤느니 뭐니 하는 투정을 부릴 게 뻔하다.

여하튼 차원관리자들의 사정은 그렇다 치더라도.

"도대체 뭘까."

한수 역시도 어제 당직을 서느라 꿀맛 같은 근무휴식도 잊은 채 활동복 차림으로 막사 창문을 통해서 군단장 일행을 바라본다.

이미 전방포대 인원들은 군단장의 행보에 눈치를 보느라 생활관으로 몰릴 수밖에 없었다.

행보관이 아무리 작업의 신이라 해도 계급 앞에 장사 없으니까 말이다.

"야, 도훈아."

"왜."

"군대 마스터인 네 소견으로 보자면 이건 도대체 무슨 상

130 말년병장, 이등병 되다!

황이라고 봐야 하냐?"

철수의 직설적인 물음에 도훈이 생각에 잠긴다.

군단장의 갑작스러운 동숙.

동숙이라 함은 여러 가지 의미가 있다. 상급자가 사병들과 일시적으로 어울리며 잠시나마 같이 생활관을 공유함에 따라 병사들의 마음을 알아간다는 그런 좋은 의미를 지니고 있으니까.

실제로 군단장이 아닌 사단장은 도훈이 기억하고 있는 미래의 일에 따르자면, 이번 년도 말에 아마 동숙을 했을 것이다.

병사와의 의사소통.

그것을 가장 중요시하는 목표로 탄생한 게 바로 동숙 문화.

하지만 아무리 생각해도 군단장의 현재까지의 태도로 보아서는, 동숙이라는 개념보다는 도피처라는 의미가 더 분명해 보인다.

천하의 군단장이 도피라니.

물론 도훈의 입장에서도 믿고 싶지 않은 사실일지 모르지만, 확인이 안 되었기에 그저 가설에 지나지 않다.

한편, 군단장 자체를 처음 본 신병 2인조, 상남과 근성은 눈을 반짝이며 말한다.

"저게 말로만 듣던……."

"쓰리 스타 아닙니까, 형님!"

빠아아악!!!

상남의 턱에 그대로 어퍼컷을 날린 도훈이 힘을 실은 말로 경고한다.

"날 부를 때 뭐라고 하라고 했냐?"

"이, 이도훈 상병님!"

"특히 군단장님 앞에서 형님이라는 말 했다간 나도 어떻게 될지 모르니까 조심해라. 알겠냐?"

"예, 예! 알겠습니다!"

도훈이 진심으로 화났다!

지금까지 저렇게 정색을 하며 화를 내는 도훈을 본 적이 없는 승주와 근성. 심지어 가장 오랫동안 도훈과 군 생활을 해온 철수조차도 도훈의 저런 표정은 처음 본다.

하기야 생각을 해보면, 괜히 상남 때문에 군단장에게 밉상을 보이게 도면, 지금까지 도훈이 쌓아온 모든 공든 탑이 무너질 가능성이 매우 크다.

그래서 도훈은 가급적이면 군단장과 마주치고 싶지 않았던 것이다.

그런 도훈의 심정을 아는지 모르는지, 이번에는 군단장과 동숙이라니.

그것도 기약 없는 동숙!

'진짜… 피가 바짝 마르는구만.'

그렇다고 여기서 얌전히 포기할 이도훈이 아니다.

"야, 김철수. 애들 모아봐라."

"뭐하게?"

"일단 모여봐."

다시 근무휴식을 취하기 위해 매트리스 위로 눕는 한수를 뒤로하고, 도훈이 철수를 비롯해 승주와 상남, 그리고 근성을 부른다.

"너희도 지금 군단장님이 우리 부대에 머무는 거, 싫지?"

"저는 신기해서 좋습니… 컥?!"

상남의 면상에 다시 라이트 펀치를 날린 도훈이 재차 확인하듯 묻는다.

"좋냐?"

"아, 아닙니다!"

"그래, 여하튼 이 불편한 상황을 해결하려면 한 가지 방법밖에 없다."

"그, 그게 뭡니까?"

승주가 침을 꿀꺽 삼키면서 묻자, 도훈이 비장한 각오가 서린 얼굴로 말한다.

"군단장님이 자택을 멀리하게 된 이유를 찾아내는 거다."

군단장의 동숙 원인.

고민에 고민을 거듭하던 도훈은 결국 이 일의 실마리에 대해 가장 잘 알고 있을법한 인물을 찾아가기로 결심한다.

군단장의 친족은 유리아만 있는 게 아니다.

바로 사단장!

군단장의 동생이기도 한 그에게 직접 물어본다면, 군단장이 뜬금없이 123대대에서 동숙을 하게 된 이유에 대해 잘 알 수 있지 않을까.

하지만 사단장과 만나는 일 자체만으로도 일반 병사에게 있어서는 굉장히 힘든 일임에는 틀림이 없다.

'좀처럼 타이밍이 잘 안 나는군.'

사단장 근처를 서성이는 도훈이었지만, 사단장은 오로지 군단장 곁에 머물고 있어서 직접적으로 물어볼 시간이 잘 나지 않았다.

군단장이 있으면 사단장이 있는 법이고, 사단장이 있으면 연대장이 있는 법이다. 그리고 연대장이 있으면 그 밑에 줄줄이 간부로 대대장, 포대장 등등이 다수 대기 중임에는 굳이 말하지 않아도 충분히 알 수 있는 사실들이다.

유리아 역시도 제1포대 전포대장으로서 군단장 곁에 머물며 이들의 행보에 동참한다.

현재 벌써 부대 시찰만 3번째 중.

똑같은 장소만 뱅뱅 돌면서, 별다른 지적도 하지 않고 그저 경치만 구경한다.

이건 아무리 생각해도 시찰이 아니라 그냥 허송세월, 시간 때우기에 불과하다.

"언제까지 저러고 있으려나."

"글쎄다."

철수가 포상에서 얼굴만 살짝 내민 채 군단장 일행들을 바라보며 묻는 말에 도훈이 전혀 예측할 수 없다는 듯이 대답해 준다.

제아무리 군대 마스터 이도훈이라 해도 별의 세계는 알 수가 없다. 즉, 스타 계급장을 지니고 있는 간부들이 무슨 생각을 하고 있는지, 어떤 식으로 의도해서 이런 행동을 보이는지에 대해서는 사병의 시선으로는 파악하기 힘들다는 것이다.

근무휴식을 하고 있는 한수를 제외하고 하나포 포상에는 이등병 3인방과 상병 2인방이 대기 중이다.

그 상황에서 다른 인물이 추가적으로 합류하기 시작한다.

"군단장님이 동숙하신다는 말이 사실인가 보군……."

하나포 반장, 우매한이 철수와 같이 멀찌감치서 군단장 패거리를 보며 중얼거린다.

그러자 도훈이 반사적으로 거수경례를 하며 외친다.

"태풍! 이제 복귀하셨습니까?"

"그래, 그나저나 저건 어찌 된 일인가? 왜 갑자기 군단장님이……."

화생방 전문 교육대에 잠시 볼일이 있어서 선탑자로 갔다 온 우매한이 이제 막 부대로 복귀했는지 하나포 포상에 모습을 드러내며 묻자, 도훈이 고개를 절레절레 흔들며 말한다.

"아무도 모릅니다."

"전포대장님도 모르시나?"

예, 그렇습니다."

"흐음……."

이 힌트를 쥐고 있는 자로서는 오로지 사단장밖에 없을 것이다.

하지만 사단장도 모른다면, 그야말로 전방포대는 더 이상 물러설 곳이 없다.

군단장의 기분이 풀어질 때까지 이 동숙 자리를 제공해야 한다.

"행보관님은?'

"아까부터 CP텐트 정비를 하고 계십니다."

"하긴, 군단장님이 당분간 머물 장소니까 최대한 깔끔하게 해야겠지."

행보관의 처사는 실로 옳다고 생각된다. 하루가 될 수도 있고, 이틀이 될 수도 있다. 아무리 오랫동안 끈다 하더라도 일주일은 넘기지 않을 것이다. 군단장이 그렇게 한가한 사람도 아니고, 오랫동안 상급자가 자리를 비우면 말도 안 되니까 말이다.

동숙이라는 평계로 왔으니까 오래 지나봤자 1일이 고작일 터.

조금만 버티면 된다.

그냥 물 흐르듯, 마치 북한 도발처럼 그때만 바짝 긴장하다가 어느 순간 다시 평온한 군 생활 일상으로 돌아올 거 같은 그런 기분으로 버티면 된다.

그렇게 안이하게 생각하고 있던 도훈에게…….

무시무시한 소식이 들려져 오기 시작한다.

방송을 통해 전 병력 생활관으로 집합하라는 포대장의 말에 따라 모두가 황급히 1생활관으로 모여들게 된다.

군단장 패거리가 벌써 5번째 부대 시찰을 돌기 시작했을 무렵, 포대장이 식은땀을 흘리면서 생활관 내부에 위치한 병력들에게 말한다.

"너희도 알다시피, 지금 우리는 군 생활 최고이자 최후의 위기를 맞이하고 있다!"

어찌나 긴장했는지, 포대장의 말에는 미약하게나마 사시나무 떨리듯 떠는 듯한 말투마저 느껴진다.

"이 자리에 군단장님이 와 계신다! 그것도 당장 가시는 게 아니라 동숙까지 하신다고 한다! 다들 알고 있겠지?!"

"예! 알고 있습니다!"

"하지만 그렇다고 사단장님이나 연대장님, 그리고 대대장님까지 군단장님을 따라 오랫동안 각 부대에 자리를 비울 수도 없는 노릇이다. 일단 나는 남아 있겠지만, 군단장님의 곁에서 보필할 사병이 필요하기 때문에 특별히 지금 이 자리에서 선발하려 한다!"

"……!!!"

사병들의 표정이 순식간에 굳어지기 시작한다.

이게 무슨 날벼락이란 말인가.

나만 아니면 된다는 생각으로 군단장을 요리조리 피하며 근 하루만 버티면 될 일이, 순식간에 군단장과의 만남 최전선에 위치하면서 눈치코치 다 보며 보필을 하라니!

"고, 고작해야 사병 신분으로 어찌 군단장님 보필을……."

철수가 떨리는 목소리로 포대장에게 질문을 던져본다.

그 점에 대해서는 포대장도 알고 있다는 듯이 대답을 해주기 시작한다.

"걱정하지 마라. 실질적인 보필은 여기 전포대장이 도맡아 할 거니까. 하지만 그렇다고 여성인 전포대장이 처음부터 끝까지 붙어 다닐 수는 없으니까, 하다못해 일반 병사를 붙여두려고 한다."

하지만 그렇다 해도 여전히 포대장의 말에 모든 의문이 풀린 것은 아니다.

포대에는 일반병사 뿐만 아니라 우매한, 그리고 삼포반장 같은 남자 간부들이 넘쳐난다.

그럼에도 불구하고 왜 일반병사가 해야 한단 말인가.

"내가 이 말을 꺼내는 이유는……."

포대장의 시선이 유독 한 곳에 머물기 시작한다.

아니, 정확히 말하자면 '한 인물'에게 꽂힌 것이다.

"이도훈!"

"사, 상병 이도훈!"

"군단장님이 특별히 너를 지목하셨다!"

"······!!!"

도훈은 이럴 줄 알았다는 듯이 하늘이 무너져 내린 듯한 절망 어린 표정을 지을 수밖에 없었다.

병사 중에서 군단장의 보필을 전담할 병사를 뽑는다는 말을 들은 순간부터 도훈은 불길한 느낌을 머릿속에서 지울 수가 없었기 때문이다. 왜 간부들을 놔두고 일반 병사에서 뽑겠는가. 보나마나 군단장이 탐내는 병사가 있어서 그렇다는 뜻이다.

그럼 거의 99% 이도훈일 가능성이 크다.

그리고 그 그것이 실제로 일어나게 되었다.

"이도훈, 너만 믿는다!"

"···거부 권한은 없는 겁니까?!"

"이건 사단장님의 명령이다!"

"사, 사단장님!!"

군단장도 아니고 사단장이다.

군단장 하나만으로도 버거운 상황에서 사단장이 이번 계획을 꾸몄다는 말을 들은 순간부터 도훈의 두뇌는 빠르게 돌아가기 시작한다.

'···또 나를 간부 지원 쪽으로 꼬드기기 위함인가.'

일단 생각해 보겠다는 식으로 몇 차례 미루긴 했지만, 이제 슬슬 그 결심을 굳혀야 한다는 시기가 온 것 같다.

자신의 손으로 미래를 선택하는 일.

바로 그 '기회' 가 말이다.

이렇게 해서 군단장의 보필 역할을 맡게 된 병사는 다름 아닌 이도훈.

군단장이 부대 시찰을 끝내고 돌아오기만을 기다리고 있는 유리아가 자신의 머리카락을 쓸어내리며 말한다.

"…미안. 괜히 너까지 이번 일에 끌어들여서……."

"아닙니다! 군인은 자고로 상관의 명령에 절대 복종하는 거 아닙니까? 전포대장님께서 신경 쓰실 일이 아니라고 생각합니다!"

유리아는 최근 들어서 도훈에게 미안함을 금치 못할 생각밖에 들지 않았다.

본래 사단장이라든지 군단장과 엮일 일이 없는 그였지 않았는가. 생각을 해보면 사단장과 최초로 엮이게 된 것도 바로 자신이라는 존재 때문이다.

게다가 사단장은 유독 이도훈을 마음에 들어 하고 있었기에 어떻게 해서든지 유리아와 엮으려 하는 듯한 그런 낌새가 제삼자에게도 완연하게 전해질 정도다.

유리아 본인도 도훈에게 전혀 마음이 없는 것은 아니다. 만약 마음이 없다면, 유격 때의 그 키스는 무엇이었겠는가.

심지어 남자에게는 관심조차 없는 유리아가 먼저 그런 행동을 저질렀으니… 마음이 없다는 게 아니라 이미 푹 빠져 있다 해도 손색이 없을 정도일 것이다.

하지만 '군인'이라는 신분이, 그리고 '간부와 병사'라는 차이가 유리아의 마음에 지속적인 브레이크를 걸고 있었다.

게다가 타 부대 사람끼리도 아닌 같은 부대 사람.

도훈과 연애를 시작한다는 건, 부대의 기강을 해이해지게 만들 수 있는 계기를 제공할 수도 있다는 뜻과도 같다.

융통성이 없고 고지식한 사고방식을 지니고 있는 유리아로서는 그런 것은 절대로 그냥 넘어갈 수 없다.

"후우……."

기나긴 한숨을 내쉬는 유리아의 곁에서, 그녀가 무슨 생각을 가지고 있는지 도훈도 지레짐작을 할 수 있었다.

전음이라는 것을 터득하고 나서부터 미묘하게 평소보다 더 감이 좋아진 것 같은 기분을 느끼는 도훈.

차라리 자신이 먼저 남자답게 고백을 할까 라는 생각도 했지만…….

'복잡하군… 남자와 여자관계란…….'

제대로 된 연애를 거의 해보지 못한 도훈으로서는 인생의 황금기이자 여복이 최고 수치를 찌르는 순간일 수도 있으나, 이럴 때일수록 망나니처럼 아랫도리를 함부로 놀려서는 안 된다. 그러다가 집안 망신은 한순간이니까 말이다.

한창 혼자서 자신만의 연애담 상식을 끌어내고 있을 도훈에게, 드디어 저 멀리서 군단장 일행이 모습을 드러낸다.

"음… 부대가 참 좋군."

벌써 이 말만 12번째 하는 거다. 작업의 신이라 불리는 행보관의 업적이 여기서 빛을 보게 되었다.

부대 시찰만 계속 돌면서 뭔가 지적을 하려 했던 군단장이었지만, 워낙 깔끔하게 잘되어 있어서 뭐라 말도 못하고 다시 막사로 돌아오게 되었다.

역시 알파 포대 행보관. 그 유명세는 이미 사단 전역에 퍼져 있는 지 오래다.

제1포대 포대장은 오늘만큼 행보관의 존재가 이렇게 믿음직스럽게 느껴진 적도 없었다.

역시 짬은 헛것으로 먹는 게 아니었나 보다.

막사로 복귀한 군단장이 도훈의 모습을 발견했는지 먼저 말을 걸어온다.

"자네… 도훈이로구만."

"상병 이도훈!!!"

"나한테 무슨 볼일이라도 있나?"

군단장의 물음에 답변을 한 것은 도훈이 아닌 유리아였다.

"오늘부터 저와 이도훈 상병이 군단장님의 동숙 기간 동안 보필을 전담하게 되었습니다."

"누구의 명이지?"

옆에 있던 사단장이 쓴웃음을 지으며 나선다.

"제가 내린 명입니다, 군단장님."

"흐음."

군단장도 이도훈을 지목해 자신의 곁으로 붙여둔 인물이 사단장이었다는 사실을 지레짐작하고 있었는지 고개를 끄덕인다.

"뭐, 나쁘진 않겠지. 동숙 기간 동안 잘 부탁한다, 이도훈."

"예! 최선을 다해 군단장님을 보필하도록 하겠습니다!!"

도훈이 군대 마스터라 해도 군단장 앞에서는 햇병아리에 지나치지 않다.

계급이 모든 것을 말하는 곳, 군대.

그곳에는 군대 마스터도 뭐고, 없다.

저녁 시간이 다 되어서야 사단장과 연대장, 그리고 대대장은 각자 부대로 돌아가기 위해 레토나에 오른다.

그전에, 사단장이 잠시 이도훈을 호출하기 시작한다.

"이도훈."

"상병 이도훈!"

후다닥 다가가는 도훈에게 사단장이 면목이 없다는 듯이 머쓱하게 웃어 보인다.

"자네는 이번 군단장님의 동숙이 무엇을 의미하고 있는지 아나?"

"무슨 말씀이신지……."

"어허, 이 친구가. 이미 자네 눈빛을 보아하니 군단장님의 동숙이 평범하지 않다는 걸 알고 있다는 눈치던데."

"……."

그렇게 노골적으로 티가 났었나 스스로 반성하기 시작한 도훈이 자신의 생각을 토로한다.

"아마도 공무보다는 개인 사정 때문에 동숙을 핑계로 오신 게 아닐까 싶습니다."

"음, 대략적으로는 정확해."

역시 사단장은 알고 있었던 것이다.

왜 군단장이 전방포대를 찾아오게 되었는지.

그리고 그 이유는, 어이가 없을 정도로 굉장히 사소한 내용이었다.

"형수님이랑 대판 싸우셨다고 하더구나."

아무리 3스타가 군대 내에서는 거의 신급인 존재라 해도, 가정 내에서는 마누라에게 등쌀을 박박 긁히는 불쌍한 대한민국 가장에 불과하다.

요즘 들어서 부하들과 자주 술자리에 어울린다는 행동 덕분에 잔소리 박박 긁힌 군단장은 참다참다 못해 집을 뛰쳐나온 것이다.

군단장은 그래도 수십 개의 부대를 거느리고 있는 나름 영향력 있는 남자다.

그런데 집안에서는 마누라에게 바가지나 긁히고 있으니.

유독 자존심이 높고 가부장적인 군단장이지만, 그의 아내
는 더 성격이 거칠다.

"세상사 참으로 힘들지, 안 그러냐? 이도훈."

"하하하……."

사단장의 말에 도훈이 힘없이 웃기 시작한다.

설마 부부싸움 때문에 동숙을 결정하다니.

보아하니 이 동숙도 예전부터 계획된 것이 아니라, 극단적
으로 선택해서 지금 당장 온 게 아닐까 싶다.

세상을 지배하는 건 남자고, 그 남자를 지배하는 건 여자라
했던가.

그 여자 덕분에 남자들은 언제나 스트레스를 받게 마련이다.

"여하튼, 네가 잘 설득해 봐라."

"제가 말씀이십니까?!"

"원래 나이가 들면 외로워지는 법이지. 자식들도 자리 잡
고 각자 집을 나가고, 저만의 생활을 하기 시작하니까."

"……."

"그러니까 니가 근처에 머물면서 적당히 군단장님이랑 어
울려 드리면 알아서 기분이 풀리실 거다."

"확신이십니까?"

"그건 너 하기에 달려 있어."

요즘 사회는 능력제다. 자신의 능력에 따라 일이 해결될 수
도 있고, 해결되지 못할 수도 있다.

도훈이 편하게 군 생활을 보내려면, 이번 일을 해결해야 한다.

군단장과 계속해서 같은 부대에 머무르기 싫으면 말이다.

"…최대한 한번 노력해 보겠습니다."

"그래라. 그래서 널 믿고 곁에 붙여놓은 거니까."

사단장의 승부가 과연 군단장에 직격으로 먹힐지는 아무도 알 수 없다.

이것도 피드백에 의한 현상임에 틀림이 없으니까.

한편.

"이 시발 놈들아! 똑바로 안 하냐?!"

식당 내부에서는 한 남자의 굵직한 음성이 가득 채워지기 시작한다.

제1포대에서 취사병을 맡고 있는 상병 이유식.

둘포 소속이지만, 취사병이라는 타이틀을 달고 있어서 실제로 포반의 부대원으로서의 임무는 없다시피 한 인물이다.

도훈과 철수의 동기이기도 하며, 이들보다 2주 늦게 자대에 배치된 인물이기도 하다.

전방포대로 옮겨오면서 제1포대가 자체적으로 배식을 만들어야 하는 상황 덕분에 이유식은 취사병 후임 두 명과 함께 80인분의 먹을거리를 차려야 한다.

특히나 오늘은 바로 군단장님이 식사를 하시는 날!

"튀김 제대로 튀겨라! 바싹하게 튀기다가는 그냥 아주 작살을 내버릴 테니까!"

"예!"

계속해서 후임들에게 오늘 있을 음식에 신경을 쓰라고 말은 하지만, 불안한 건 마찬가지다.

오늘의 메뉴는 돼지김치찌개에 닭튀김, 흰쌀밥, 오징어무침, 그리고 돌김과 김치다.

부가적으로 콘 아이스크림이라는 매우 고귀한 부식이 나오긴 했지만, 중요한 건 부식이 아니다.

오늘 저녁 메뉴를 얼마나 군단장 입맛에 맞게 만들어내느냐가 이유식의 남은 군 생활을 좌우한다.

"씨발, 아직 군 생활 한참 남았는데 설마 군단장님에게 음식을 대접하게 될 줄이야!"

취사복을 차려입고 주방에서 열심히 일하는 취사병 후임 두 명을 관리, 감독하면서 동시에 식당 내부의 상태를 점검한다.

가뜩이나 무더운 여름 날씨 때문에 각종 벌레와 더불어 온도까지 최고조다.

에어컨을 풀가동시키고 모든 식당 문을 닫은 유식이 뒤이어 날아다니는 파리를 파리채로 일일이 잡으면서 청결을 유지한다.

그러던 와중에, 식당에 익숙한 인물이 모습을 비춘다.

"야, 잘되가냐?"

김철수가 후임인 근성을 데리고 모습을 드러낸 것이다.

"이 씨발 놈아, 넌 뭔데 벌써부터 식당에 출근 도장 찍냐? 설마 닭튀김 먼저 먹으려고 온 거면 빨리 꺼져라."

상당히 거친 언어를 남발하는 유식이었지만, 철수는 그런 유식의 성격을 예전부터 잘 알고 있었기에 그저 웃음으로 흘리면서 말한다.

"근무 교대자다, 임마. 미리 먹고 근무 교대하러 가야지."

"옆에 신병하고?"

"이병 이근성! 그렇습니드아!!"

여전히 고치지 못하는 말끝이 늘어지는 습관을 여실히 드러내며 자신의 존재감을 어필하는 근성을 향해 도훈이 머리를 한 대 쥐어박아 줄까 잠시 고민했지만, 괜히 그러다가 군단장에 들키면 말 그대로 영창행이다.

찰나의 인내심이 군 생활을 편하게 보낼 수 있는 지름길이 될 수도 있다는 생각에 마음을 선하게 고쳐먹는다.

"준비는 완벽하게 됐냐?"

철수가 미리 식당을 점검이라도 하려는 듯이 슬쩍 떠본다.

그 말에 순간 인상을 구긴 이유식이 국자로 철수의 대가리를 향해 휘두르자, 이미 알고 있었다는 듯이 몸을 가볍게 뒤로 배며 회피하는 철수!

"어이쿠! 오늘따라 우리 취사병님 성격이 말이 아니네."

"이 씨발 놈을 봤나, 누구 스트레스로 죽게 만들 일 있냐?

빨리 밥이나 처먹고 근무교대나 가라."

"알았다, 임마. 그래도 식당 점검은 해야지."

"니가 뭐하러?"

"도훈이 미리 하고 오라더라."

"…이도훈이?"

유식의 한쪽 눈썹이 살짝 추켜 올라간다.

동기들 사이에서도 도훈의 능력은 인정하는 추세다.

게다가 군단장의 바로 측근에서 보필을 하게 된 직위를 받게 되지 않았나.

사단장의 일방적인 지시가 있었다고는 하지만, 간부들을 제치고 일반 병사가 보필 임무를 받을 정도로 도훈은 상급 지휘자에게 많은 관심을 받고 있다는 뜻이 될 것이다.

게다가 도훈이 하는 일은 믿고 맡길 수 있다.

실제로 이유식도 취사병으로 취임을 할 때도 도훈에게 이런저런 도움을 많이 받았다.

동기들끼리 돕고 사는 게 바로 군 생활 아니겠는가.

"흠, 내가 못 보고 지나친 것도 있을 수도 있으니까."

헛기침을 하며 철수의 행동을 묵인하기 시작한 유식의 말.

덕분에 더욱 섭섭해지는 건 철수다.

"이놈 봐라, 도훈이 이야기가 나오니까 바로 수그러드네."

"그러니까 신용사회라는 거 아니냐. 너도 평소에 행실 좀 똑바로 하든가."

이런저런 말을 하고 있는 와중에, 철수가 살짝 고개를 끄덕이자 기다리고 있었다는 듯이 근성이 품에서 뭔가를 꺼내든다.

이름하야… 초고추장!

"이건 또 뭐냐?"

유식이 근성에게 초고추장을 받아들며 묻는다.

왜 뜬금없이 이런 걸 주는 걸까 라고 하면서 말이다.

"도훈이 알려준 군단장님 입맛 공략 힌트란다."

"이게?"

모 음식 회사에서 만든 초고추장이다. 확실히 외부에서 파는 물건인지라 취사실이라든지 창고 내에는 없는 물건이다.

"군단장님은 그 초고추장이랑 김 가루랑 해서 비벼먹는 걸 매우 좋아한다고 하더라."

"맛다시처럼?"

"뭐, 자세한 건 못 들었고. 여하튼 군단장님 식사하실 테이블이 여기 맞지? 이 위에 그 초고추장을 올려놓으면 된다고 들었어."

"이도훈 그 새끼는 도대체 뭘 하다 온 놈이기에 군단장님 입맛 취향까지 다 알아맞히는데?"

"글쎄다. 아니면 전포대장님이 알려줬을 수도 있지."

"맞다, 전포대장님도 계셨지."

잠시 이도훈이라는 존재 때문에 잊고 있었지만, 유리아 역시도 군단장과 친한 사이이다. 친척이니까 그 점에 대해서는 부정할 수 없을 것이다.

"여튼 우린 밥 먹는다."

철수가 근성을 데리고 식판을 들며 음식을 고르기 시작한다.

근무교대자의 특권, 그것은 바로 남들보다 대략 30분 일찍 식당으로 내려와서 맛있는 것을 먼저 선점할 수 있다는 장점이 있다.

물론 근무를 마치고 복귀한 근무복귀자는 남들보다 30분 뒤에 식사를 해야 한다. 그래서 미리 근무복귀자를 위해 해당 분과 분대원들이 복귀자가 먹을 밥을 따로 빼놓는 경우가 허다하다.

이미 식어서 별로 맛이 없어진 밥을 먹는 것이, 이미 남들이 다 먹어서 동이 난 음식을 맛보지 못하는 것보다 훨씬 나으니까 말이다.

식당에서 미리 군단장의 입맛을 공략할 전략이 완성되어 가고 있을 무렵, 도훈과 유리아는 군단장과 함께 식당을 향해 나아가고 있었다.

그리고 도훈이 미리 공수해 둔 초고추장을 바라보는데.

"이건……."

집에서 매일 먹는 그 초고추장과 똑같은 브랜드명을 지니고 있는 상품!

군단장이 제법이라는 듯이 유리아를 바라본다.

"네가 준비한 거냐?"

"전 아닙니다만……."

"그렇다면?"

군단장을 향해 도훈이 슬쩍 미소를 지으며 말한다.

"제가 준비한 겁니다."

"오호, 네가 준비했다고?"

"예! 그렇습니다!"

사실 도훈은 사단장이 부대를 뜨기 전에 몇 가지 정보를 더 얻어낼 수 있었다.

그중에 하나가 바로 군단장의 입맛!

레토나를 타고 자리를 뜨려고 하는 사단장에게 도훈이 필사적으로 매달려 얻어낸 정보 중 바로 첫 번째를 지금부터 써먹은 것이다!

'체면 불구하고 사단장님에게 정보를 얻어낸 게 천만다행이었지.'

그리고 그 얻은 정보로 상품을 구하는 것까지는 어렵지 않았다.

제1포대에 자가차량을 가지고 있는 인물은 포대장, 그리고 행보관밖에 없다.

특히나 행보관의 경우에는 자신의 차량으로 출퇴근을 하기 때문에, 행보관에게 특별히 부탁해서 시내까지 나가 이 초고추장을 구할 수 있었던 것이다.

물론 심부름이나 해야 하는 신세가 되어버린 행보관의 표정이 탐탁지 않았던 것은 사실이지만, 군단장이라는 이야기를 꺼내자마자 행보관은 마치 이등병이라도 된 듯이 배불뚝이 몸을 날렵하게 이끌고 초고추장을 도훈의 손에 건넸다.

'죄송합니다만 행보관님, 나중에 또 고생해 주셔야 합니다.'

군단장의 동숙은 아직 끝나지 않았다. 이제 시작일 뿐이니까 말이다.

나중에 행보관에게 쓴소리를 듣다 하더라도, 지금은 군단장의 기분을 최대한 맞춰주는 게 제1포대가 해야 할 일이다. 그 점을 알고 있기에 행보관도 아무런 말을 하지 않고 있는 것이다.

"녀석, 제법 준비를 많이 했구만! 하하하!"

군단장의 얼굴에 만연의 미소가 번진다.

그 모습에 포대장도, 그리고 유리아도 나지막이 안도의 한숨을 내쉰다.

"어디 보자, 그럼 식사를 해볼까?"

이유식이 특별히 군단장을 위해 신경을 쓴 음식들을 식판 위로 가져온다.

자리에 앉은 군단장. 도훈은 설마 자신의 군 생활 동안에 군단장과 같은 테이블에서 식사를 하게 되는 날이 올 줄은 몰랐다는 듯이 어색하게 자리에 앉은 뒤 전투모를 벗는다.

포대장도 군단장이 착석하고 나서야 자리에 앉는다.

"음식이 꽤 맛있게 보이는군!"

"가, 감사합니다아아!!!"

잔뜩 얼어붙은 취사병, 이유식이 목소리를 높여 대답한다.

취사병 노릇을 해온 지 어언 1년. 그 1년 동안 이유식은 자신이 할 수 있는 모든 정성과 요리기술을 쏟아부었다.

마치 케이블 TV에서 하는 요리 프로그램에 나가면 1등이라도 할 자신이 있다는 듯이 그렇게 심혈을 기울여 준비한 오늘의 저녁 식사!

스윽.

숟가락으로 국을 한 수저 뜨는 군단장이 맛을 보기 시작한다.

모두의 시선이 군단장에게 쏠리고 있는 와중에.

"음……."

맛을 음미하던 군단장이 이유식을 바라본다.

"자네, 이름이 뭔가."

"사, 상병 이유식!!!"

순간 유식의 머릿속에 온갖 생각이 다 든다.

자신이 요리를 잘못한 것인가? 아니면 군단장의 입맛에 맞는 게 아닌가?

그렇다면 남은 군 생활은 어찌 되겠는가.

말 그대로 작살이 나는 것이다.

온갖 걱정이 다 들고 있을 무렵이지만, 유독 도훈만이 여유로운 표정을 지으며 미리 이유식에게 엄지손가락을 추켜올린다.

순간 도훈의 모습을 목격한 이유식.

그리고…….

"하하하! 자네, 내 입맛에 아주 딱 맞게 조리를 하는구만!"

"자, 잘 못 들었습니다……?"

"음! 아주 훌륭해. 오늘 저녁은 마음에 드는구만! 하하하!"

걱정과는 달리, 오히려 군단장은 칭찬의 연속이다.

순식간에 지옥에서 천국으로 여행길에 올랐던 이유식은 애써 풀리는 다리에 힘을 주며 간신히 목소리에 힘을 싣는다.

"가, 감사합니다!!!"

아마 오늘이 이유식 군 생활을 통틀어 최고로 행복한 날이 아닐까 싶다.

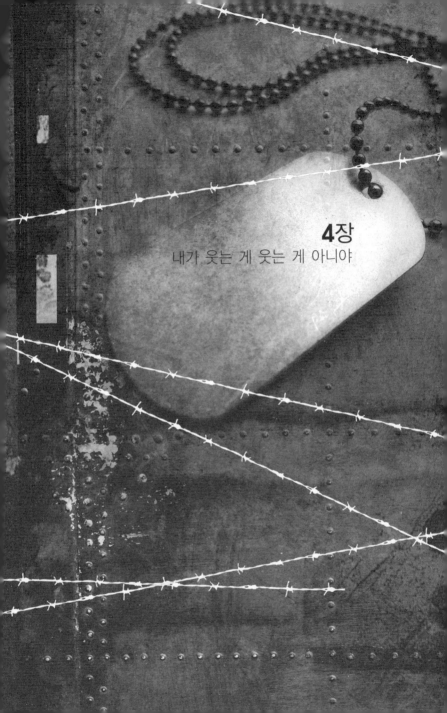

4장
내가 웃는 게 웃는 게 아니야

　군단장이 비록 예상치 못한 타이밍에 동숙이라는 극단적인 공격수단으로 전방포대를 공략해 왔음에도 불구하고 도훈은 역시 이도훈이다.

　사람들은 그를 이렇게 부른다.

　군대 마스터.

　군대에 관해서라면 이도훈은 가히 무적이라 할 수 있다. 2년간이 기억을 가지고 있을 뿐만 아니라 서포터즈를 통한 비상식적인 힘도 지니고 있다. 비록 피드백이라는 방해 요소가 있긴 했지만, 그 방해 덕분에 도훈은 또 다른 힘을 얻게 되었다.

　바로 전음과 셀프 포스, 그리고 기타 등등.

아직 여러 가지 시험해 보지 못한 것이 많지만, 지금 당장은 필요하지 않다.

그리고 지금 당장 필요한 것은 셀프 포스나 전음이 아니다.

이름하야 눈치!

도훈은 민간인 시절에도 제법 눈치가 빠른 사람 축에 속하기도 했다. 군단장이 원하는 게 무엇인지 사단장을 통해서 미리 알고 있었고, 그리고 실시간으로 군단장을 모니터하면서 체크할 수도 있다.

그리고 이러한 점도 깨닫고 있다.

이유식이란 이름의 취사병은 간을 제법 맵고 짜게 하는 스타일이다. 즉, 조미료를 많이 넣는 타입.

향이 강하고 조미료를 많이 첨가하는 타입이지만, 도훈은 이유식의 이런 스타일이 군단장의 입맛에 맞을 거라는 정보를 미리 알고 있었기 때문에 자신감을 보였다.

'형님은 향이 강한 걸 좋아하니까. 잘 알아둬라.'

사단장이 했던 사단장 입맛 공략 정보 중 하나다.

그래서 도훈은 자연스럽게 군단장을 데리고 이 식당에 올 수 있었던 것이다.

그리고 결과는…….

대만족!

"이게 꿈이냐, 생시냐!"

식당 바깥에 나와서 아직도 믿기지 않다는 듯이 짧은 머리를 박박 긁어대는 이유식에 뒤이어, 바깥으로 나온 도훈이 피식 웃으며 말한다.

"아직도 실감이 안 나냐?"

"얌마, 당연하지! 군단장님이라고! 군단장님한테 칭찬받았는데 순수하게 인정하고 넘어갈 리가 있겠냐?!"

"니 요리 실력이 그만큼 좋다는 뜻이겠지."

이유식의 등을 팡팡 두드리며 기운을 북돋아준다.

"혹시… 나, 요리에 재능이 있는 건가?!"

"아니, 그건 아니라고 생각한다."

"…이런 썩을놈을 봤나."

그건 그거고, 이건 이거다.

단순히 조미료를 많이 첨가하는 타입이 우연히 군단장의 입맛에 맞았을 뿐이고, 그 입맛이 전 국민을 상대로 통용된다는 보장은 없다. 물론 그게 대다수일수도, 그리고 대대다수일수도 있겠지만, 조미료를 많이 첨가하는 건 요리사로서 그다지 좋은 선택이 아니라고 생각한다.

화학조미료가 아닌 순수한 요리 실력으로 승부를 볼 수 있을 때, 그때가 되면 요리사로 인정할 수 있을지 모르겠지만 말이다.

"여하튼 내일 아침에도 잘 부탁한다."

"…내일은 군대리아인데, 어쩌냐?"

"……."

고민에 고민을 거듭하던 도훈이 슬쩍 유식의 어깨에 손을 올려놓는다.

그러면서 하는 말.

"…그건 니가 알아서 해라."

남의 인생까지 책임질 수는 없는 노릇이었다.

저녁식사를 마치고 돌아온 군단장이 행정실에서 잠시 휴식을 취하고 있을 무렵.

"통신!!! 케이블선 연결 아직 안 끝났냐!!"

"지, 지금 하고 있습니다!"

막사 지붕 위에서 사투를 벌이고 있는 민석이 행보관의 잔소리에 즉각적으로 목소리를 높여 대답한다.

보이지도 않는 칠흑 같은 어두운 밤하늘 아래에서, 그것도 반짝이는 별들이 아름답게 수놓아져 있는 시골의 하늘 아래에서 케이블선과 사투를 벌이고 있는 통신분과 병사들.

뒤이어 공병들 역시도 행보관의 지시에 난리통이 아니다.

어떻게 하면 좀 더 CP텐트가 아늑한 환경을 자랑할 수 있을까?

어떻게 하면 CP텐트가 막사 내부보다도 더 살기 좋은 장소가 될 수 있을까?

그 생각만 가득한 제1포대 행보관은 CP텐트 바닥에 일단 갑바천과 비닐, 그리고 깔개와 은박을 덮어씌우며 연병장의 차가운 흙바닥 아래에 아늑한 실내 바닥을 만들어내는 대에 성공했다.

얼마나 깔개와 갑바천을 많이 깔았으면 바닥이 매트리스마냥 푹신하겠는가.

하지만 행보관의 욕심은 끝이 없고, 같은 실수를 반복하는 법이다.

"행보관님! 더 이상 갑바천이 없습니다!"

"깔개도 이미 동이 났습니다!"

"다다음주에 써야 할 은박이 다 떨어졌습니다!"

곳곳에서 들려오는 보급품 부족의 한탄 소리에 행보관이 버럭 소리를 지른다.

"시끄럽다, 이 잡것들아!! 훈련 비품을 써도 좋으니까 지금 당장 내가 지시한 물건들 가져와라!! 훈련보다 군단장님의 동숙이 최우선이다! 알겠냐!"

"예! 알겠습니다!"

이렇게 행보관과 기타 병사들이 군단장 동숙을 위해 사투를 벌이고 있는 상황 속에서, 이도훈 역시도 빠질 수가 없었다.

"오케이, 이제 문턱 넘는다, 조심해라!"

"예!"

도훈의 지시에 근성과 상남이 끙끙 앓는 소리를 내며 대형 TV를 옮기기 시작한다.

영차 영차 추임새를 넣으며 CP텐트 바로 앞까지 조심스럽게 TV를 내려놓는 데에 성공한 이등병 2인조.

"수고했다, 이놈들아."

"예! 형니… 아니, 이도훈 상병님!"

순간적으로 이도훈의 무릎이 살짝 솟아오르는 것을 빠르게 파악한 상남이 재빠르게 호칭을 변경하여 말한다.

철수 다음으로 힘이라면 절대로 빠지지 않는 근성과 상남 이등병 2인조의 힘을 빌려 대형 TV도 손쉽게 옮겨왔다.

"민석아!"

도훈이 막사 위에서 통신분과 분대원들을 이끌며 열심히 씨름 중인 민석을 부른다.

"케이블 연결하면 TV 제대로 나올 수 있지?"

"예! 전원도 연결하시면 웬만한 채널은 다 나올 겁니다!"

"그래, 알았다! 미안하지만 수고 좀 더 해줘라!"

"알겠습니다!"

행보관은 CP텐트를, 그리고 다른 인원들은 군단장에게 얼마나 많은 편의를 제공할 수 있을지 한계점에 도전이라도 하듯 전 병력이 출동해 대규모 작전을 펼치고 있었다.

우매한 역시도 마찬가지.

레토나 선탑자를 자처해서 이대팔과 함께 시내까지 나갔다 온 그는 뒤에 다량의 간식거리와 술을 사가지고 왔다.

"행보관님, 맛똥산 사왔습니다!"

"수고했다, 우매한. 술은 냉장고에 넣어둬라. 나중에 군단장님께서 찾으실 수도 있으니까."

"알겠습니다."

군단장 공략 그 두 번째.

군단장은 맛똥산이라는 이름의 과자를 매우 좋아한다고 사단장에게서 정보를 얻었다. 퇴근을 하고 나면 집에서 종종 맛똥산을 안주 삼아 쏘맥을 하곤 한다는 게 바로 사단장의 정보.

그 정보를 입수한 도훈은 곧장 행보관에게 이 정보를 팔았고, 행보관은 포대장과 합의 하에 우매한을 보내 시내까지 맛똥산을 사오게 만들었다.

웬만한 과자는 PX에서 팔긴 하지만, 맛똥산이 젊은이들의 입맛보다는 어른들에게 맞춰진 맛을 자랑하다 보니 PX에는 맛똥산이 없었다.

그래서 이렇게 이대팔을 운전시켜 레토나를 끌고 시내까지 갔다 온 것이다.

"아닌 밤중에 홍두깨라더니… 아닌 밤중에 레토나 운전이라니, 이런 씨발!"

이대팔이 이리도 분노를 하는 이유는 다름이 아니다.

바로 오늘 저녁 7시, 그러니까 지금 이 시간에는 걸그룹들이 다수 출연하는 가요 프로그램이 한창 하고 있을 시간이었기 때문이다.

"내 미소녀시대 무대를 돌려달라고, 이도훈 이 개놈아!!"

이대팔이 도훈의 목을 잡고 사정없이 흔들지만, 표정 변화 하나 없이 도훈이 냉정하게 말한다.

"군단장님한테 털리는 것보다 나을 거라 생각합니다."

"……."

도훈의 말이 너무나도 정확하다.

차라리 저녁에 레토나 운전 한 번 하고 말지, 군단장에게 괜히 찍혀서 남은 군 생활을 고생하는 것보다 훨씬 나은 거 아닌가.

한숨을 푹 내쉰 이대팔이 어쩔 수 없다는 듯이 말한다.

"그냥 장난 한번 쳐본 거다, 짜샤."

군단장 앞에서는 작아지는 이들, 군인.

한숨을 푹푹 내쉬며 끊었던 담배나 다시 필까 라는 생각을 해보는 이대팔이었지만…….

"이대팔 상병님!"

"뭐냐?"

수송분과 인원 중 한 명이 황급히 뛰어나오며 외친다.

"지, 지금 TV에 미, 미소녀시대가……."

"뭐시라?! 아직 무대가 안 끝났단 말이냐?!"

"재방송입니다, 재방송을 합니다!!"

"오, 신이시여!!"

육중한 몸을 이끌고 순식간에 계단 위를 뛰쳐 올라가는 이대팔의 모습이 오늘따라 왜 이리도 가벼워 보이는지 모르겠다.

"자, 이제 준비는 대략 끝났나."

군단장이 대기 중인 행정실 안쪽을 응시하던 도훈이 슬쩍 미소를 짓는다.

제아무리 군단장이 동숙을 하러 온다고 해도, 그래 봤자 도훈 앞에서는 그저 군 생활의 흔하디흔한 에피소드에 지나지 않는다.

"보여주지… 나의 짬밥 테크닉을!"

도훈이 바깥에서 행보관과 함께 7성 호텔급 CP텐트 건설에 박차를 가하고 있을 시간에.

"리아야."

행정실 안에서 할 일 없이 폰을 매만지던 군단장이 유리아를 호출한다.

바로 근처에서 대기하던 유리아가 자리에서 일어서며 다가온다.

"무슨 일이십니까? 군단장님."

"요즘 도훈이랑 진도는 잘 나가고 있냐?"

"…자자자자자자자잘 못 들었습니다?!"

심히 동요하는 눈빛.

그리고 지나칠 정도로 말을 더듬는 행태로 보아서는 아마도 정곡을 찔린 모양인가 보다.

당직을 서고 있는 남우성도, 그리고 행정실 안에서 업무를 보고 있는 척하는 포대장도 슬쩍 귀를 기울인다.

제1포대의 관심사 중에 하나라고 한다면, 바로 유리아와 이도훈의 관계.

물론 포대장은 알파포대 포대장이라는 직책 때문에 공식적으로 이들의 연예 관계를 허락해 주지 않는 모습을 취하고 있다.

하지만 어차피 이도훈은 미래에 민간인이 될 인재(?)이지 않는가. 뭐, 그렇다고 민간인이 아닌 군인의 길을 선택할 수도 있지만, 여하튼 사랑 사이에는 국적도, 직업도 없다.

그렇기에 군단장은 이렇게 거침없는 질문을 퍼부을 수 있었던 것이다.

어차피 남녀관계 아닌가.

"사랑이란 참 좋은 것이지."

뭔가 옛 생각을 떠올리려는 듯이 추억에 잠기기 시작한 군단장의 모습에 틈을 타 유리아가 슬쩍 말을 떠본다.

"군단장님도 그런 좋은 분과 같이 사시고 계시는 거 아닙니까?"

"…글쎄다, 나이를 먹어서인지 너희 같은 그런 젊었을 때의 열정이 식은 듯한 그런 느낌이 들곤 하더구나."

군단장의 눈빛이 살짝 아련함을 담는다.

부부싸움이 흔치 않은 일은 결코 아니다.

군단장도 사람인지라 싸울 수도 있다. 게다가 시간이 지나면 지날수록 젊었을 때의 그 열정을 간직하기란 여간 쉬운 일이 아니니까.

"그런 면에서 보자면, 간혹 너희 같은 젊은이들이 부럽기도 하지."

시간은 다시 되돌아오지 않는다.

젊음 역시도 마찬가지.

군단장이 아무리 쓰리 스타라 해도, 이 또한 시간이라는 이름의 희생양을 내걸고 나서야 얻은 결과물이기도 하다.

"인간사, 참으로 어렵구만."

의자에 몸을 묻은 군단장의 말에 유리아는 차마 더 이상 말을 이어갈 수 없었다.

친척이라 해도, 유리아는 젊은 여성이다. 결코 군단장의 마음을 이해하진 못한다.

여자의 입장이기도 하기에, 군단장에게 좀 더 도움이 될 수 있는 말조차 해주지 못한다.

그렇기 때문에 사단장은 일부러 이도훈이라는 키워드를 군단장에게 붙여둔 것이 아닐까.

하지만 문제가 있다면, 정작 그 당사자는 CP텐트 보강 작업에 참여하느라 정신이 팔려서 이쪽에는 전혀 신경을 쓰지 못하고 있다는 것이다.

'정말… 뭐하고 있는 거람.'

살짝 화가 난 유리아가 토라지려는 심정을 간신히 자제시킨다.

이도훈은 군단장을 위해 바깥에서 열심히 뛰고 있다. 그런 사람에게 욕을 할 수는 없으니까 말이다.

그때, 호랑이도 제 말하면 온다고 했던가.

"군단장님!"

행정실에 모습을 드러낸 도훈이 거수경례를 하면서 우렁차게 말한다.

"CP텐트 보강이 끝났습니다!"

"오, 그래? 한번 구경 가봐야겠구만."

"예! 안내해 드리겠습니다!"

드디어 군단장의 동숙도 하이라이트를 향해 나아가기 시작한다.

"빠바바바밤~"

"빠바바바바밤~"

예전에 모 프로그램에서 헌집을 새집으로 지어줄 때 등장하는 바로 그 추억의 BGM을 직접 하모니로 노래하며 배경음을 깔아 넣는 근성과 상남.

뒤이어 군단장이 센스 있는 CP텐트 입장식에 너털웃음을 터뜨린다.

"허허, 제법 준비를 많이 했나 보구만."

"이게 다 군단장님을 향한 저희의 마음입니다!"

도훈이 목소리를 높여 자신감 넘치게 대답한다.

사탕발림이라 해도, 본래 칭찬이라는 것은 잠자는 호랑이도 덩실덩실 춤을 추게 한다는 옛말이 있다.

물론, 옛말에 불과함으로 실제로 시험해 본다든지 하는 그런 위험한 행동은 자제하는 편이 좋다.

여하튼 군단장이 CP텐트 내부로 들어서자, 탄성을 자아낸다.

"오⋯⋯!"

여름임에도 불구하고 혹시나 모를 추위를 대비해 비닐우로 잔뜩 동여매고, 벽은 돼지갑바천을 통해서 보온까지 확실하게 책임지게끔 만들었다.

게다가 전선, 그리고 케이블선까지 연결한 대형 TV에 아늑한 침대까지.

접이식 침대도 아니고, 오대기 소대장을 맡은 간부들이 번갈아가며 사용하는 간부 전용 침실방에서 직접 침대를 옮겨서 가져온 바로 실사(?) 침대다!

"꽤나 공을 많이 들였구만."

"과찬이십니다!"

행보관과 포대장이 아까 도훈이 했던 것과 마찬가지로 우렁찬 목소리를 통해 군단장에게 칭찬을 들어 영광이라는 듯이 대답한다.

이건 거의 CP텐트가 아니라, 3성급 호텔 정도는 되어 보인다. 세상에 연병장 위에 집 한 채에 가까운 공간을 만들 줄이야.

게다가 바닥까지 만들어서 신발을 벗고 입장하게끔 마련되어 있는 텐트 구조에 군단장은 혀를 내두를 수밖에 없었다.

"내 여러 CP텐트를 다녀봤지만, 막사보다도 더 깨끗한 CP텐트는 또 처음이구만. 하하하!"

군단장의 말은 과찬이 아닌 실제 광경을 목격하고 나서 내뱉는 감상이기도 하다.

도훈이 봐도 자신이 머물고 있는 구막사보다도 더 아늑해 보인다. 만약 도훈이 이런 집을 부동산에서 구입한다면… 보증금 100에 월 10만 원 정도 내고 생활할 의사도 있을 정도다.

여기에 수도, 에어컨 등 다양한 옵션까지 적용된다면 말 그대로 금상첨화일 터인데.

하지만 불행하게도 명확하게 한계가 존재하는 게 바로 군대 환경 아니겠는가.

그래도 여기까지 챙겨준 제1포대 인원들에게 군단장은 무한한 감동을 느낄 수밖에 없었다.

"과연… 이래서 요즘 핫한 곳이 바로 123대대였군그래!"

군단장의 마음에 쏙 드는 모양인가 보다.

안도의 한숨을 내쉬는 제1포대 인원들. 이렇게 군단장의 마음도 휘어잡았으니, 도훈도 이제 오늘의 동숙이 드디어 끝이 나겠구나 라는 생각을 하는데…….

─에에에에엥~!!!

"무, 무슨 소리야?!"

철수가 놀라서 외치는 물음에 도훈이 재빨리 대답한다.

"이건… 비상 사이렌?!"

그렇다. 오대기 비상, 혹은 긴급 상황이 벌어졌을 때 울리는 사이렌 소리가 제1포대 전역을 훑어 내리기 시작한다.

그리고 다급하게 뛰쳐나온 오늘의 당직, 남우성이 헐레벌떡 뛰어와 외친다.

"크, 큰일 났습니다! 포대장님!"

"무슨 일이기에 이러는 거야!"

포대장 역시도 불안한 느낌이 들었는지 무턱대고 남우성에게 큰소리를 친다.

군단장이 바로 앞에 있는데, 난데없이 이게 무슨 일이란 말인가.

"그, 그게……."

잠시 호흡을 고르던 남우성이 즉각적으로 침을 삼키고 포대장에게 지금 현 상황을 보고한다.

"하나포 포상에… 신원불명의 불빛을 목격했다는 보고가 들어왔습니다!"

전혀 예상치 못한 비상사태.

평상시 같으면 특별히 순찰조를 편성해서 그냥 포상 한번 둘러보게 하고 끝냈을 일이지만, 그렇게 할 수 없는 이유가 2가지 있다.

우선 첫 번째로 바로 군단장이 있다는 것이다.

군단장이 보는 앞에서 안이하게 대처할 수도 없는 노릇. 그렇기에 포대장은 우선 각 병력에게 비상사태를 걸고, 우선 생활관에서 각자 총을 배급받고 대기하게끔 만든다.

본래 같은 경우에는 즉각사격 준비태세라고 해서, 포병은 전투상황이 발발할 경우에는 포상으로 뛰어 내려가 초탄을 최대한 빠른 시간 내에 발사시켜야 한다.

하지만 지금 상황은……

포상에서 의문의 불빛이 발견되었다.

함부로 병력들을 포상으로 따로 내려 보낼 수 없는 상황인 것이다.

"하나포 포상 앞에 정체불명의 불빛을 목격했다는 게 사실인가?"

"예! 그렇습니다!"

"틀림없습니다!"

탄약고 초소 근무자들이 낱낱이 상황을 보고한다.

의문의 불빛.

여기서 포대장이 안이하게 대처할 수 없는 바로 두 번째 이유가 나온다.

이들은 전방포대.

북한과 인접한 포대이며, 자칫 잘못하다가 간첩이 내려왔을 가능성도 전혀 고려하지 않을 수가 없다.

실제로도 제1포대가 위치한 전방포대 지역은 GOP와 인접한 장소.

민간인 통제 구역이기도 한 이 장소에, 간첩이 오지 말라는 법은 없다.

'이런 일이 발생할 줄이야……!'

도훈의 기억에도 분명 실제상황이 걸렸던 적은 몇 번 있었다.

하지만, 군단장이 왔을 때 실제상황이 걸린 것은 없었다. 아니, 애초에 군단장이 동숙 자체를 안 했었으니까 말이다.

"지, 진짜 간첩이라도 온 거 아니냐?!"

철수가 지레 겁을 먹으며 하는 말이었지만, 그것도 아직까지는 제대로 파악할 수 없다.

"씨발… 이런 좆같은 상황이 벌어질 줄이야……."

도훈도 이를 잘근 깨문다.

진짜 간첩이 내려온다면?

그것도 군단장이 있는 상황에서…….

'…가만.'

군단장이 있는 날에 이런 비상사태가 벌어졌다.

이건 아무리 생각해도 너무 노림수가 확 드러나는 게 아닌가.

'설마, 군단장님을 노리고?!'

북한에는 우리나라 주 인물을 암살하는 특수부대가 즐비

해 있다. 군단장이 전방에서 동숙을 한다는 정보를 입수하고, 극소수의 특수부대원들이 군단장을 암살하기 위해 내려왔을 수도 있다는 생각이 순간 도훈의 뇌리를 스친 것이다.

"이런 씨발!"

자리에서 일어선 도훈이 포대장에게 말한다.

"포대장님! 만약, 포상에서 목격된 인물이 정말 간첩이라면, 군단장님이 위험합니다!"

"······!!"

포대장 역시도 뒤늦게 모든 정황이 떨어져 간다는 생각이 들었는지, 고개를 끄덕이며 말한다.

"남우성! 한수!"

"병장 남우성!"

"상병 한수!"

"너희 둘을 포함해서 적어도 5명 이상은 군단장님을 중심으로 특별보호조를 구성한다. 그리고······."

병력들을 바라보던 포대장이 침을 꿀꺽 삼킨다.

"···이 포대장과 직접 포상으로 내려가 정체불명의 불빛을 확인할 조 역시 구성하겠다."

"그건 안 됩니다, 포대장님!"

의견에 반대를 한 것은 다름 아닌 하나포 반장, 우매한이었다.

"포대장님 역시도 군단장님만큼 중요한 인물이십니다. 제

아무리 군단장이라 해도, 제1포대를 이끄는 건 포대장님보다 더 뛰어난 분은 안 계십니다. 여기서는 포대장님도 군단장님과 함께 행정실에서 다른 병사들과 함께 작전지휘부 역할을 하셔야 한다고 생각합니다."

"하지만 나만 혼자 안전하게 있을 수는……."

"제가 병력들을 이끌고 내려가겠습니다."

우매한이 잔뜩 굳은 얼굴로, 그러나 절대로 뜻을 굽히지 않겠다는 결심을 보여주는 표정으로 포대장을 바라본다.

"……."

이성적으로 생각하자면 우매한의 말이 백번 옳다.

제1포대 지휘관인 포대장이 함부로 움직여서는 안 된다.

하지만 부하들만 사지로 향하라 지시할 수도 없는 노릇.

"제가 대신 가겠습니다."

알파 포대에서 포대장을 제외하고 유일한 장교 계급을 가지고 있는 유리아가 손을 든 것이다.

하지만 포대장은 그것만큼은 인정할 수 없다는 듯이 극구 반대한다.

"전포대장은 군단장님 곁을 지키는 게 좋겠네."

"포대장님! 이럴 때는 제가……."

"전포대장!!"

생활관 내부에 포대장의 억양이 높게 서리기 시작한다.

"이건 명령이다."

"……."

도훈은 속으로 포대장에게 찬사를 보낼 수밖에 없었다.

실제로 유리아는 임관한 지 얼마 되지 않는 소위다. 차라리 여기서는 우매한이 더 도움이 될지도 모른다.

게다가 여성이라는 성별은 이 상황 속에서 꽤나 중요하게 다뤄진다.

성차별을 대놓고 언급할 수는 없지만, 상황이 상황인지라 여기서는 성별의 차이를 둘 수밖에 없는 것이다.

그런 면에서는 우매한이 마침 오대기 소대장도 맡고 있으니, 적격일 듯싶다.

하지만…….

"하나포 반장님."

손을 슬쩍 든 도훈이 자신의 의견을 짧게 어필한다.

"저도 가겠습니다."

"너……."

"잊으셨습니까? 하나포 반장님, 아니, 조교님."

도훈의 입꼬리가 슬쩍 올라간다.

실로 오랜만에 우매한에게 '조교' 라는 호칭으로 불러보는 게 아닌가.

"훈련소에서 저희는 '무적' 이었습니다."

"……."

최강의 훈련병과 최강의 조교.

이 둘이 뭉치면 무서울 게 없었다.

수류탄 사건도, 그리고 숙영을 하는 도중에 비와 바람, 천둥과 벼락이 몰아치는 폭우 속에서도 도훈과 우매한은 끊임없이 활약했다.

그리고 훈련소 역사상 길이 남을 최고의 기수를 배출해 냈다.

그것이 바로 이 둘의 합작품 아니겠는가.

"이도훈."

"상병 이도훈!!"

평소에 무뚝뚝하던 우매한이 도훈의 어깨에 손을 올리며 아주 옅은 미소를 지어 보인다.

"조교라고 불러줘서 고맙다. 오랜만에 훈련소에 있을 때 조교로서 생활하던 내 마음가짐을 되찾은 기분이다."

"언제든지 다시 불러드릴 수 있습니다."

"하하. 농담으로 받아들여라."

도훈의 자진 지원에 생활관이 순간 침묵에 휩싸인다.

사실 그 누가 지옥이 될지도 모르는 장소를 향해 스스로 지원하겠는가.

진짜 간첩이면 총격전이 벌어질 수도 있다.

그렇다고 상급 부대의 지원을 기다리기에는 시간이 너무 지체되는 외딴 산골짜기 장소다.

이들은 선택을 강요받고 있는 것이다.

그리고 그 선택에, 용기 있는 한 걸음을 내딛는 또 다른 인물이 등장한다.

"이도훈, 얌마. 나를 빼면 섭하잖냐!"

"철수… 너."

"우리는 입소할 때부터 함께였다고. 그리고 하나포 반장님이 조교였을 시절 때도 함께였고, 전역할 때까지 함께하는 거다. 멋대로 부상당하거나 간첩한테 죽는 것은 내가 용서 안 할 테니까."

"…아서라. 이번에는 진짜 위험하다. 솔직히 말해서 나도 불안해. 니가 자진해서 지원할 필요는 없어."

"위험하니까 오히려 나서는 거잖냐. 너 혼자 불구덩이 속으로 뛰어드는 걸 내 성격에 얌전히 지켜볼 거 같냐? 전우애 하면 바로 이 김철수 님이다."

자신의 가슴을 탕! 내려치는 철수 역시 결의를 보여준다.

전우 좋다는 게 무엇인가.

도훈은 그저 한숨만 내쉬면서 한쪽 입꼬리를 살짝 올린다.

"내 발목이나 잡지 마라."

"어쭈, 그건 내가 할 소리다, 임마."

우매한을 필두로 도훈과 철수가 임시 오대기로 들어간 상황에서, 난데없이 손을 번쩍 드는 또 다른 지원자가 등장한다.

"형님… 이 아니고, 이도훈 상병님!!! 저도 가겠습니다!!!"

"야, 이 새끼야. 이제 막 햇병아리 딱지 뗀 녀석이 무슨 소리냐. 넌 그냥 가만히 있어."

"이래 봬도 훈련소에서 기초 지식은 다 배웠습니다! 그리고 이제 막 훈련소에서 퇴소한 이등병도 전투력이 한창 극강일 때 아닙니까!! 꼭 가고 싶습니다!! 데려가 주시면 정말 감사하겠습니다!!"

조폭 출신인 상남이 저리도 열렬하게 자신도 포함시켜 달라고 주장하기 시작한다.

솔직히 말해서 도훈의 입장에서는 거절하고 싶지만…….

'바깥에서 목숨을 걸고 실전 싸움을 익힌 녀석이다. 분명 진짜 간첩이 나타난다면, 어중간한 후임급보다 훨씬 도움이 될 녀석임에는 틀림이 없다.'

냉정하게 상황을 파악한 도훈이 우매한을 향해 눈짓을 보낸다.

그러자 우매한이 고개를 끄덕이며 상남의 영입을 허락한다.

"좋다, 너도 가자."

"맡겨만 주시기 바랍니다!!! 사나이 아닙니까!! 이 한 몸 불태워서 형님… 이 아니고, 이도훈 상병님을 지켜드리겠습니다!!"

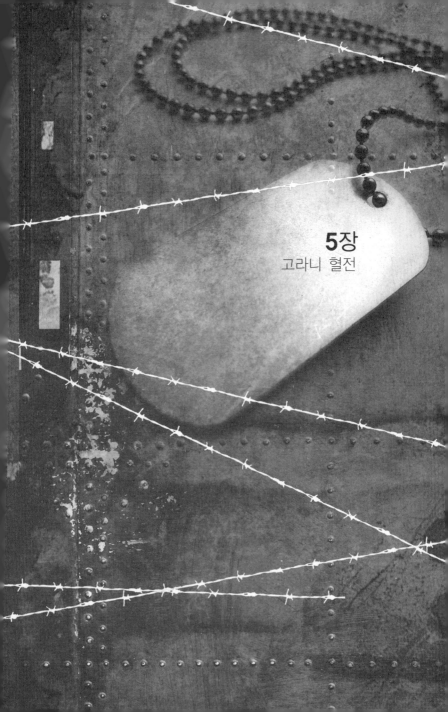

5장
고라니 혈전

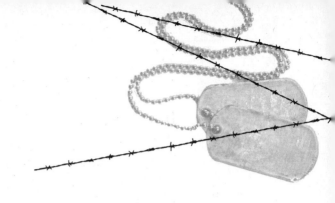

  우매한을 필두로 이도훈, 김철수, 이상남을 포함해서 5~6명
의 인원을 더 추슬러 임시 오대기를 마련한 제1포대.

  행정실에서 보고를 받은 군단장이 정찰을 나가기 전, 이들
을 부른다.

  "…상황이 썩 좋은 편은 아니지만, 무사히 돌아오도록!"

  "예! 알겠습니다!"

  우매한이 대표로 거수경례를 하며 군단장의 말을 받는다.

  어쩌면 목숨이 위험한 사지일지도 모르는 곳을 향해 이들
은 천천히 발걸음을 내민다.

  한편, 이들이 막사 바깥으로 나서는 동안, 나머지 포대 인

원들은 막사 주변을 사주경계하기 시작한다.

"이도훈 상병님!"

막사 지붕 위에서 사주경계를 하기 위해 엎드린 채 도훈을 부르는 민석이 작은 목소리를 도훈을 불러 세운다.

"왜, 임마."

"…조심해서 다녀오시기 바랍니다."

"걱정 마라. 니가 마음 쓸 짬밥 아니니까."

실탄을 각자 배급받은 뒤에 탄입대에 넣은 도훈에게 민석 말고도 익숙한 목소리가 들려온다.

"이도훈, 그리고 김철수, 이상남."

"무슨 일이십니까? 한수 상병님."

"…미안하다, 내가 같이 가주지 못해서."

한수가 입술을 잘근 깨물며 자신의 무력함을 한탄한다.

포대장이 군이 남우성과 한수보고 남으라고 지시한 이유는, 군단장의 존재 때문이다.

억울하게 들릴지 모르지만, 여기서 가장 중요한 인물은 바로 군단장이다. 즉, 군단장의 호위는 무슨 일이 있어도 최우선시 되어야 한다는 뜻이기도 하다.

그렇기에 포대장은 제1포대 내에서도 에이스로 손꼽히는 남우성과 한수를 골라 호위를 맡겼다.

사실 도훈도 원래는 포대장의 생각대로라면 지목을 해서 남기고 싶었지만, 그렇다고 포대 병력 에이스들을 전부 다 막사에 남긴다는 건 말이 안 된다.

군인이란, 자고로 국가와 국민을 위해 싸워야 하는 존재 아닌가.

싸움을 피하고 오로지 방어만 한다는 건, 그 싸움에서 패배하겠다는 생각과도 같다.

승리하기 위해서는 이쪽도 강한 병력을 선발대로 내보내야 한다.

그러기 위해 자발적으로 나선 인원인 우매한과 도훈을 믿을 수밖에 없다.

가볍게 우선 공포탄을 장전한 도훈이 스윽 웃으면서 말한다.

"무사히 다녀오겠습니다."

"…그렇게만 한다면 내가 너희 PX에서 먹고 싶은 거 마음껏 사주마."

한수의 말을 들었는지 철수와 상남이 헤벌쭉 웃으며 다가온다.

"한수 상병님, 그 말 잊으시면 안 됩니다."

철수가 못을 박 듯이 확인하려 하자, 한수가 어이가 없다는 듯이 말한다.

"너는 이 상황에서도 그런 농담이 나오는구나."

"어려운 상황일수록 긍정적인 사고방식을 유지하자는 게 제 신조 아닙니까. 하하."

철수의 무턱대고 긍정 파워는 도훈에게도 사실 좋은 영향을 끼친다.

안 그래도 피드백이라든지, 차원관리국에 대해서도 신경 쓸 것이 부쩍 늘어버린 도훈은 여유로운 생각을 가진다는 것 자체가 힘들어졌다.

"잔말 말고 출전 준비나 해라."

"오케이."

도훈의 먼저 우매한의 뒤를 따라 나서자, 철수가 가벼운 농담투로 알았다는 듯이 대답한다.

뒤이어 나머지 인원들도 뒤를 따르기 시작한다.

제1포대가 전방으로 이동하고 나서 벌어진 첫 비상사태.

이 위기를 어떻게 극복해야 좋을지 도훈의 머릿속은 복잡하기만 했다.

'내가 어떻게든 해결해야 한다.'

혹시나 해서 셀프 포스를 미리 각성시켜놓은 도훈이 침을 꿀꺽 삼키며 앞으로 전진한다.

"부분대장 조, 앞으로 전진."

"전진."

목소리를 낮추면서 부분대장 조를 책임지게 된 도훈이 먼저 움직이자, 뒤이어 철수와 상남이 따라서 움직이기 시작한다.

불빛이 목격되었다는 포상 위치까지는 이제 채 50미터도 남지 않았다.

"…젠장, 안 보이네."

손전등이라도 켜고 싶은 마음이 굴뚝같은 철수였지만, 그렇게 되면 이들의 위치가 발각되고 만다.

침투라는 것은 몰래 접근해야 그 가치가 있는 법이다.

그런 면에서 만약 상대가 정말로 간첩이라면, 100점 만점 중 빵점인 녀석임에 틀림이 없다.

아니면 일부러 불빛을 노출시켜 오대기 조를 유인한 다음에 남은 병력으로 막사를 습격한다는 전략이 있지만…….

'어림도 없는 전략이지.'

막사에는 더 많은 병력이 남아 있다. 바보가 아닌 이상, 그런 전략을 사용하는 것은 자살행위나 마찬가지.

'…하지만, 개인화기가 아닌 폭약 형태의 무기를 사용한다면…….'

그러면 상황이 꽤나 곤란해진다.

막사 통째로 군단장이 사살당할 수 있으니까 말이다.

'운에 맡기는 수밖에 없나.'

아니면 막사 내에 위치한 병력들의 대처 상황능력을 믿는 수밖에 없다.

이도훈 역시도 실제로 간첩을 마주하거나, 아니면 실제로 총격전을 주고받은 적은 없다.

하지만 월북자를 잡기 위해 대한 함께 목숨이 오가는 사투를 벌인 적도 있으며, 피드백으로 인한 혈전이 도훈을 더욱 강하게 만들었다.

무엇보다도 도훈에게는 셀프 포스가 있지 않은가.

'여차하면… 끝을 내야 한다.'

그렇게 생각한 도훈이 우매한의 지시를 받자마자 상반신을 숙이면서 앞으로 빠르게 돌진한다.

뒤이어 철수와 상남 역시도 도훈의 뒤를 따른다.

다다다다닷…….

처억!

"손들어!!"

각자 좌, 우, 그리고 전방으로 총구를 겨누면서 포상 내부로 들어선 도훈과 철수, 그리고 상남.

반사적으로 손을 들으라는 위협을 던지긴 했지만…….

"…아무도 없네."

괜히 긴장이 풀렸는지 철수가 손으로 부채질을 하면서 나지막이 안도의 한숨을 토로한다.

"역시 초소 근무자들이 잘못 본 거 아닙니까?"

상남 역시도 확실히 포상에 아무도 없다는 것을 확신했는지 한마디를 더한다.

"하여튼 근무자 놈들, 막사로 올라가면 한소리 좀 해줘야겠다."

괜히 소란을 일으킨 죄로 벌써부터 초소 근무자들에게 쓴소리를 할 준비로 이미 가득한 철수였으나…….

─도훈아!

갑작스레 사라락 소리와 함께 등장한 앨리스가 높은 고음으로 도훈에게 저음을 날린다.

─3시 방향에…….

"젠장!!"

앨리스의 말이 끝나기도 전에, 도훈이 무언가를 눈치챘는지 빠르게 다시 총구를 겨눈다.

"철수야, 엎드려!!"

"뭐, 뭔데?!"

일단 도훈의 말대로 몸이 먼저 무의식적으로 반응을 했는지 그대로 납작하게 땅에 엎드린다.

그와 동시에.

휘이이익!!!

바람을 가르는 듯한 빠른 속도로 무언가가 철수가 있던 위치를 스치고 지나간다.

만약 도훈의 말대로 철수가 숙이지 않았다면, 필히 날아오는 무언가와 충돌했으리라.

"빌어먹을!"

타아앙!!

공포탄을 발사한 도훈이었지만, 날아오는 무언가는 멈출 생각을 하지 않는다.

"이도훈 상병님!!"

"오지 마!"

상남이 다가오려는 것을 도훈이 저지시키며 총을 양손으로 잡는다.

그리고 날아오는 무언가를 향해 가로 방향으로 세우자, 텅! 하는 소리와 함께 딱딱한 무언가끼리 충돌하는 사운드를 들려준다.

덤벼드는 무언가는 달려오는 속도도 있던 터라, 제자리에 있던 도훈이 제대로 방어하지 못하고 그만 무게중심을 살짝 잃어버린다.

털썩.

"쳇!"

도훈을 쓰러뜨린 정체불명의 무언가가 빠르게 포상 바깥으로 달아나기 시작한다.

"하나포 반장님! 도망치는 거수자 발견했습니다!"

"도주 방향은?!"

"2시 방향입니다!"

공포탄 소리를 듣고 재빠르게 포상 안으로 뛰어 들어온 나머지 인원을 향해 하나포 반장이 외친다.

"발포를 허가한다!"

타앙!

탕탕탕!!

실탄은 아니기에 우매한 혼자의 재량으로 발포를 허가할

수 있었던 것이다.

공포탄이라 함은 상대방에게 심리적인 압박을 심어줄 수 있는 일종의 수단이다.

그러나 문제는 도망치는 상대방은 공포탄의 위협에 전혀 신경을 쓰지 않는다는 것이다.

"빌어먹을, 야! 김철수!"

총구를 다시 바로잡은 도훈이 엎드려 있는 철수에게 외친다.

"뒤쫓는다."

"뭐?!"

"저대로 놔두면 안 되잖냐. 진짜 간첩이면 어쩌려고."

"상급부대 지원이 오기 전까지 기다려야 하는 거 아니냐?!"

"우리끼리 잡는다. 지금은 그게 최선이야!"

이대로 시간을 지체하면 간첩으로 추정되는 녀석을 놓칠 수도 있다.

그리고 방금 전의 상황을 보아선, 단독 행동으로 보이기에 다수가 덤벼들면 별로 문제가 될 것이 없다.

개인화기 소지 여부는 잘 모르지만, 만약 도망친 자가 개인화기를 가지고 있었다면 직접 몸으로 돌진하는 단순무식한 선택을 하기보다는 개인화기를 활용했을 것이 현명하다.

어차피 정체가 들키는 건 매한가지니까.

하다못해 '난 개인화기를 가지고 있다'라는 위협 정도는 줄 수 있는데, 상대방은 굳이 개인화기를 사용하지 않았다.

그렇다면…….

'비무장일 확률이 크다!'

왜 간첩질을 하면서까지 비무장으로 왔는지에 대해서는 이해할 수 없지만, 간첩이 아니라 저번과 같은 경우… 즉, 월북자인 경우도 있을 것이다.

전문적인 간첩이라 보기에는 밤에 불빛을 켜고 다니고, 몸으로 밀어붙이는 등 상당히 어설픈 행동을 많이 보여줬으니까 말이다.

"도망치는 거 하나는 겁나게 빠르네!"

포상 울타리를 뛰어넘은 도훈이 욕지거리를 내뱉으며 추격전에 합류한다.

상남과 철수 역시 도훈의 뒤를 따르며 추격에 집중하기 시작한다.

한편, 도훈보다 먼저 추격전에 오른 하나포 반장은 무전기로 현재 상황을 보고하기 시작한다.

"신원불명의 거수자 한 명 포착! 거수자 한 명 포착! 현재 추격 중!"

상황보고는 가장 기초적인 처사 중 하나다. 우매하는 그 기초적인 역할을 잘 수행하며 병력들을 이끌어 간다.

"우리가 몰 테니까 부분대장 조, 너희가 앞을 가로막아라! 양쪽으로 포위한다!"

"예! 알겠습니다!"

도훈과 철수, 상남이 빠르게 방향을 틀어 녀석이 도망가려는 위치보다 먼저 앞질러가기 시작한다.

난데없이 보이지도 않는 어두운 새벽에 벌어진 추격전.

총의 무게가 오늘따라 매우 무겁게 느껴지지만, 총이 없으면 이들은 죽는 목숨이다.

비록 상대방이 비무장이라 해도 말이다.

"막아!"

우매한이 부분대장 조에게 외친다.

제대로 상대방을 몰아온 우매한과 다른 병력들 덕분에 도훈과 철수, 상남은 아까 자신들을 습격한 정체불명의 무언가와 다시 정면으로 대치할 수 있었다.

"감히 우리 형님… 이 아니고, 이도훈 상병님을 욕보이게 했단 말이지!!"

상남이 겁도 없이 가장 먼저 나선다.

"남자의 주먹을 받아라, 이 씨발 놈아!!"

그리고 멀쩡한 총을 놔두고 멋대로 주먹을 휘두른다.

역시 생각보다 몸이 먼저 반응하는 상남다운 행동이었다.

하지만…….

휘이익!

상대방은 너무나도 가볍게 회피해 버린다.

마치 상남의 모습이 슬로우 모션처럼 보인다는 듯이!

"저 움직임은……."

도훈이 상남과 주먹다짐을 할 때만큼의 빠르기다.

방심하면 안 되겠다는 생각을 잔뜩 품은 도훈보다도 먼저 또다시 나선 인물이 있었다.

"여기 전우애로 똘똘 뭉친 김철수 님이 안 보이냐, 건방진 녀석아! 나의 으리으리함을 보여주지!"

남자는 으리~ 아니겠는가. 철수가 정면으로 부딪칠 생각으로 마주 달려가기 시작한다.

철수의 거대한 덩치를 정면으로 받아들이면 말 그대로 뒤로 튕겨져 나갈 정도로 엄청난 충격을 줄 것이다.

그러나, 상남의 주먹을 가볍게 피한 녀석은 철수의 무식하기만 한 돌진 역시도 가볍게 회피해 버렸다.

"오잉?!"

내 그럴 줄 알았다는 듯이 한숨을 내쉰 도훈이 자세를 잡는다.

이제 유일한 희망은 자신뿐이다.

"이도훈, 반드시 잡아라!!"

"걱정하지 말라고 했지, 이놈아!"

철수의 말을 가볍게 받아친 도훈이 짧게 외친다.

"셀프 포스!"

우우웅!

도훈의 전신이 빠르게 요동치기 시작한다.

끓어오르는 피.

그리고 강화되는 신체.

게다가, 도훈에게는 또 다른 비장의 수가 있다.

─앨리스! 녀석의 방향을 예측해!

─오, 오른쪽?!

잘 모르겠다는 듯이 답하지만, 앨리스의 시야가 도훈보다도 훨씬 좋은 편이다.

그 점을 믿은 도훈의 손이 빠르게 오른쪽으로 뻗는다.

그리고 그와 동시에, 뭔가를 잡은 듯한 감촉을 느낀 도훈이 그대로 녀석을 바닥으로 향해 패대기를 친다.

"으랴아아아아아아아앗!!!"

뻐어어어억!!

그리고 그대로 넉다운.

꼴좋다는 듯이 피식 웃은 도훈이 쓰러진 녀석 위로 올라탄다.

"어디 얼굴이나 보… 자……?"

얼굴을 볼 수 없었다.

아니, 얼굴이 있긴 한데…….

인간이 아니다.

"…고라니잖아?!"

바닥에 널브러진 채 기절한 고라니를 보고 이게 뭐냐는 듯이 소리치는 도훈.

그의 놀라움 섞인 비명을 듣자마자 우매한이 달려와 쓰러져 있는 것을 향해 손전등을 비춘다.

"…이게 뭔가."

"고라니입니다, 하나포 반장님."

"그건 알고 있는데. 왜 이런 곳에 고라니가……."

곰곰이 생각을 해보는 우매한이 잠시 자신의 기억을 회상해 본다.

제3포대, 즉 찰리 포대에 근무 중인 자신의 하사 동기에게 들었던 말이, 전방포대에는 말 그대로 산골짜기 자연 그대로의 장소인지라 야생 동물이 매우 많이 나온다고 한다.

고라니는 기본이오, 멧돼지가 심심하면 내려오는 곳이 연병장이라고 할 정도니까 말이다.

그렇다고 설마 고라니 때문에 간첩 소동이 벌어질 줄은 몰랐던 것이다.

"뭐… 그래도 간첩이 아니니 다행이군."

우매한이 식은땀을 흘리며 하는 말에 철수와 상남이 다가오며 고개를 끄덕인다.

"어쩐지, 저의 사나이 펀치를 너무 쉽게 피한다고 생각했습니다."

상남이 자신의 주먹이 빗나갈 이유가 없었다는 듯이 말하지만, 이미 그의 주먹은 도훈의 앞에서 여지없이 무너진 경력을 지니고 있다.

그리고 철수 역시도 풋 웃으면서 말한다.

"날쌘 녀석이라 생각했더니만, 고라니라면 납득이 가지."

인간보다도 빠른 속도를 자랑하는 고라니다. 눈으로 쫓기 힘든 스피드를 자랑하는 건 당연지사.

셀프 포스를 발동하지 않았던 탓도 있는지라, 도훈 역시도 고라니의 공격을 쉽사리 막을 수 없었던 것이다.

"근데 이 녀석, 어떻게 합니까?"

철수가 쓰러진 고라니를 나뭇가지로 쿡쿡 찔러본다.

도훈의 바닥으로 패대기치기에 기절한 탓인지 꿈쩍도 안 한다.

"일단… 막사로 데리고 가자."

"잘 못 들었습니다?!"

"죽진 않고 기절해 있으니까. 멋대로 생물을 생명을 방관할 수도 없지. 철수야, 니가 들고 와라."

"왜 하필이면 제가……."

투덜거리면서도 어쩔 수 없다는 듯이 어깨 위로 고라니를 짊어진다.

산짐승을 짊어지는 것도 군대 내에서는 처음 겪는 일. 게다가 고라니는 도심 속에서 보기도 힘든 존재다.

좋은 경험(?) 한다는 생각을 하면서 고라니를 짊어진 철수가 다른 이들의 뒤를 따라가기 시작한다.

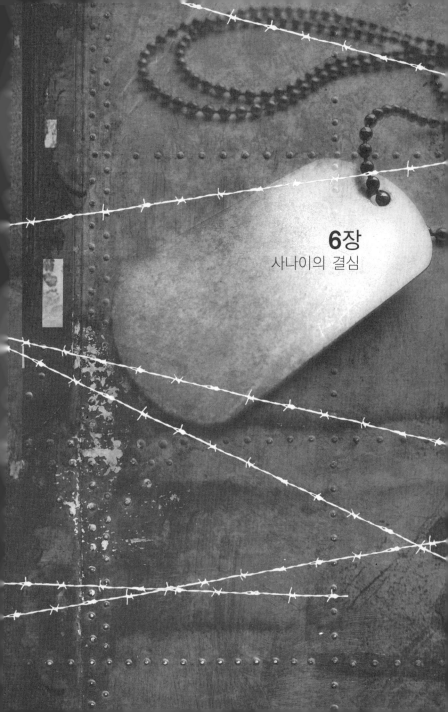

6장
사나이의 결심

　한동안 고라니 덕분에 부대가 난리가 아니었음에도 불구하고, 위병소를 통과하는 차량 한 대가 이들의 시야에 들어온다.

　처음 보는 민간 차량에 고개를 갸우뚱하는 병력들.

　그러나 차에서 내리는 한 여군의 모습을 보자마자 도훈이 반사적으로 거수경례를 한다.

　"태풍!"

　"어머, 태풍."

　여군 하사가 도훈의 거수경례를 받아준다.

　도대체 어느 부대일까 하는 심정으로 부대 마크를 응시하던 도훈.

그러나 부대 마크보다 더 신경 쓰이는 여성의 이름.

"예하라면……."

곰곰이 생각에 잠기던 도훈의 뒤로, 우매한이 모습을 드러내며 거수경례를 한다.

"군단장님의 따님… 아니십니까?"

우매한의 말에 순간 뒤통수를 강하게 얻어맞은 듯한 충격을 받은 이도훈이었다.

유리아로부터 예하라는 이름을 들었을 때부터 진작에 눈치를 챘어야 했다.

군단장에 이어 군단장의 딸까지 총출동이라니.

'우리 부대, 괜찮을까 모르겠구만.'

도훈은 속으로 전방포대를 걱정할 수밖에 없었다.

"좋지 않은 소식이 있다."

행정실 내부에서 분대장 회의를 마치고 돌아온 한수가 식은땀을 흘리며 하나포 분대원들을 모은다.

그리고 이렇게 말한다.

"시간이 너무 늦은 관계로… 예하 하사관님도 같이 동숙하신다고 한다."

"이런 젠장, 좆같은 군대!!!"

군단장 하나만으로도 벅차 죽겠는데, 군단장이 소중히 여기는 막내딸까지 동숙한다고 한다.

남자 형제가 많은 탓에 성격도 보아하니 완전 상남자 스타일이다.

그래서 군단장이 유독 유리아를 마음에 들어 하는 것일지도 모른다.

"그 덕분에 유리아 소위님도 오늘 하루 동숙이다. 포대장님 포함해서 행보관님까지 전부."

"…난리 3종 세트 아닙니까, 그거."

근성의 말에 승주도 고개를 절레절레 흔든다.

"그런데 질문 있습니다."

상남이 손을 들며 한수에게 묻는다.

"예하 하사님은 왜 오신 겁니까?"

"…그러게."

생각을 해보니, 왜 굳이 예하가 이 부대에 와야 하는 것인가 하는 생각이 뒤늦게 드는 병사들이었다.

이들은 아직 군단장이 부부싸움이라는 얼토당토 않는 사소한 이유 때문에 이 부대에 온 줄 모른다.

병사들 중에서는 도훈만 알고 있고, 간부들은 포대장과 행보관을 비롯해 유리아도 충분히 알고 있다.

어쩔 수 없이 이 정보는 공유해야 한다는 판단이 들은 도훈이 입을 연다.

"부부싸움 때문입니다."

"…진짜냐."

어이가 없다는 시선으로 바라보는 철수와 기타 등등.

아니, 아무리 부부싸움을 했다 하더라도 설마 잘 곳이 없어서 전방포대에 동숙을 하러 오다니.

이건 군단장 권한을 남용해도 너무 남용하는 게 아닌가 싶을 정도다.

"그냥 얌전히 아는 사람 집에서 주무시지……."

한수도 이번 군단장의 동숙은 질렸다는 듯이 말을 한다.

한수가 이 정도로 책망을 할 정도면, 군단장의 동숙 후유증이 얼마나 오래 갈지는 굳이 안 봐도 뻔하다.

게다가 하필이면 오늘 당직을 맡게 된 남우성은 어떠한가.

"여하튼 도훈, 니가 신경 좀 많이 써야겠다."

한수가 진심으로 힘내라는 듯이 응원의 메시지를 던진다.

사실 도훈도 군대에 관한 지식이라면 어떻게 할 수 있지만, 가정사는 도훈이 해결할 수 있는 수준이 아니다.

하지만…….

"해결책이 있을지도 모릅니다."

"뭐야?!"

하나포 인원들이 도훈을 향해 일제히 바라보기 시작한다.

사실 도훈으로서는 사단장으로부터 받은 정보를 통해 대충 같이 어울려주고, 기분이 풀릴 때까지 이야기를 들어주면 된다고 생각했다.

하지만 지금은 이야기가 다르다.

군단장의 딸인 예하가 직접 이 부대로 왔다.

그렇다면……

'그 아가씨와 연관된 무언가를 잡으면 되지 않을까.'

이미 도훈의 머릿속에는 하나의 시나리오가 완성되어 가고 있었다.

이제 슬슬 취침에 임해야 할 시간이 다가오게 되었다.

오늘따라 많은 사건과 사고가 벌어졌던 하루인지라, 병사들은 취침시간이 되자마자 일찌감치 잠에 빠지기 시작한다.

도훈은 남우성과 같이 오늘 하루 당직을 맡기로 하고 행정실에서 안전모를 제외한 단독군장을 착용한다.

당직사병이 아닌 당직병이기 때문에 완장은 차지 않아도 되기에 도훈은 단독군장 착용을 완료하고 근무자 인솔에 나선다.

후번근무자들을 데리고 인솔하려는 도훈에게 남우성이 걱정된다는 듯이 묻는다.

"이도훈."

"상병 이도훈!"

"당직, 해본 적 없는데 할 수 있겠냐?"

"예, 물론입니다."

굳이 말할 필요도 없지만, 여기서 당직을 가장 많이 해본 사람을 꼽자면 단연 이도훈이 꼽힐 것이다.

남들보다도 2배 가까운 군 생활을 해가고 있는 그였기에 당직은 어렵지도 않은 난관이다. 아니, 오히려 이도훈처럼 완벽하게 당직을 해낼 수 있는 병사도 드물 것이다.

"그나저나 군단장님 동숙 때문에 니가 진짜 고생이 많다."

남우성도 도훈의 고충을 어렴풋이나마 알겠다는 듯이 심심치 않은 위로의 뜻을 건넨다.

간부라고 항상 10시에 취침을 해야 하는 법은 없다.

솔직히 말하자면 10시라는 수치가 사회상에서는 매우 이른 취침시간을 뜻한다.

물론 군대 내에서는 병사들의 취침시간이 10시이기에 별다른 말을 못하지만, 여하튼 간부들까지 꼭 10시에 자라는 법은 없으니까.

군단장도 이른 취침을 취하는 나이는 아닌지라 마련되어 있는 연병장 7성급 호텔(임시명으로 그렇게 부른다고 한다.)에 머무는 중이다.

유리아와 예하는 본래 오대기 간부가 머무는 공간에서 같이 자기로 하고, 나머지 간부들은 병사들과 같이 생활관에서 함께 취침하기로 한다.

오대기 소대장이었던 우매한과 포대장, 그리고 행보관 이렇게 3명이서 생활관 막사에서 자기로 합의를 보게 되었기에, 행정분과는 행보관이 잘 자리를, 그리고 FDC(사격지휘)가

포대장이 잘 자리를 마련하기로 했다.

우매한은 두말할 필요도 없이 하나포 쪽에서 자리를 마련했다.

"여기입니다, 포반장님."

"수고 많았다, 한수."

"아닙니다."

마침 도훈이 당직병 근무를 서게 되었기에 자리가 하나 비게 되었다. 불행 중 다행이라는 말은 아마 이럴 때 사용하는 게 아닐까 싶다.

한편, 모두가 취침에 임할 때, 도훈은 인솔자 역할을 마치고 나서 7성급 호텔로 변모한 CP텐트로 발걸음을 옮긴다.

"군단장님, 상병 이도훈입니다."

"들어오거라."

"예! 그럼 실례하겠습니다."

CP텐트의 천막을 걷어내고 안으로 들어가자, 잘 준비를 마친 군단장이 TV를 관람하고 있었다.

"잠시 온도 체크 좀 하겠습니다."

"허허, 자는 데에는 별다른 무리 없지만… 당직인 네 입장도 생각을 해야겠지."

군단장의 말에 도훈이 빠르게 온도 체크를 현황판에 적어간다.

"주무시는 데에 불편함은 없으십니까?"

"아직 잠을 안 자봐서 잘 모르지, 녀석아. 예하는 뭐하고 있느냐?"

"예하 하사는 이제 막 씻고 머리 말리고 있습니다."

"흐음……."

난데없이 찾아와서 같이 동숙을 하게 되었다.

그것 때문에 자신의 딸내미가 제1포대에 민폐를 끼친 것에 매우 불만족스러운 마음을 가지고 있나 보다.

"하여간, 지 어미를 닮아서 성격 하나는 정말 말괄량이로 구만."

군단장의 혼잣말에 도훈은 예하의 성격이 어디서 유래되었는지 쉽사리 파악할 수 있었다.

팔을 긁적이던 군단장이 자신의 혼잣말을 도훈이 들었다는 사실을 눈치챘는지 너털웃음을 터뜨리며 말한다.

"내 아내도 예전에는 부사관이었다."

"…잘 못 들었습니다?"

"우리는 군대 내에서 처음 만나고, 서로 눈이 맞아서 결혼을 했었지. 허허. 이제 와서 생각을 해보면 참 열정적이었지만 말이야."

군단장의 연애담을 들은 적은 물론 없다.

아마 포대장도, 대대장도, 연대장도 들은 적은 없을 것이다.

사단장은… 친족이니까 아마 잘 알고 있을 것이다.

무엇보다도 형수님이지 않은가.

"그때의 아내의 모습을 예하가 쏙 빼닮았어. 점점 성장해가는 모습을 보아하니 나도 나이가 다 들었나 보구나."

"사모님께서도 예하 하사처럼 충분히 미인이셨을 거 같습니다."

"암, 그때 당시에는 정말 예뻤지. 하는 행동이 참 말괄량이였긴 했지만, 그래도 한편으로는 가련한 부분도 있었으니까."

태생적으로 여성이라는 점은 분명 마음 어느 한쪽에 여성스러움을 가지고 있다는 말을 의미한다.

생물학적인 본능이니까 말이다.

여자는 남자를 유혹하기 위한 생물이다. 유혹하기 위해서는 남자에게 예쁘게 보여야 하는 것이 여자의 본능 아니겠는가.

"내가 안사람과 싸웠다는 건 사단장에게 들어서 알고 있겠지?"

"……"

"어허, 이도훈. 니가 티를 안 내려고 해도 난 진작부터 네가 사단장과 이런저런 이야기를 주고받았다는 걸 눈치채고 있었다. 세상에 날 몇 번 본 적도 없는 네가 내 입맛이라든지 취향을 정확히 알 리가 없지 않느냐."

"…죄송합니다."

"죄송할 이유가 뭐가 있겠나? 다 이 군단장을 즐겁게 해주기 위해서 노력한 흔적이거늘."

하긴.

상식적으로 생각해 보자면, 누군가로부터 훈수를 듣지 않는 이상 생판 남인 사람의 취향을 너무나도 정확히 잘 알고 있을 리가 없다.

식사를 하는 순간부터 군단장은 이미 도훈이 자신에 대한 정보를 어느 정도 인지하고 있다는 사실을 눈치채고 있었다.

"그렇다면 내가 부부싸움 때문에 이곳에 왔다는 사실도 알고 있겠군."

"예, 그렇습니다."

"이거 참. 나이나 먹고 나서 민망한 모습을 보이는구만. 하하하!"

군단장이 멋쩍은 듯이 머리를 긁적인다.

그러고서 도훈에게 잠시 앉으라는 제스처를 취한다.

"내가 안사람과 싸운 이유는 다름이 아니고… 예하 때문이다."

"예하 하사 말씀이십니까?"

"그래, 녀석은 지 어미를 닮아서 고집이 매우 센 편이라 제대로 내 말도 안 듣지만… 사실 난 예하가 군인을 관두길 바라고 있다."

하기야.

대한민국의 모든 아버지의 심정은 자신의 귀여운 딸래미
가 군대 같은 험한 곳에서 뒹구는 것을 원치 않을 것이다.

　설령 그게 현업에 종사하는 사람이라 해도 말이다.

　"하지만 안사람은 오히려 반대했지. 예하의 적성에 맞는
일이라면 부모 된 입장으로서는 응원해 줘야 하는 거 아니냐
고 말이다."

　"……."

　"사실상 내가 질 수밖에 없는 싸움이었다. 왜냐하면 근처
에 가장 큰 선례가 있으니까."

　눈치가 빠른 도훈이 그 '선례'를 입에 담는다.

　"유리아 소위입니까?"

　"그래, 유리아가 있는 순간부터 이미 내 의견은 아내라든
지 예하의 의견을 이길 수가 없었지. 그래서 사실 내가 동숙
을 하는 의미는 일종의 '떼쓰기'와도 같네. 나이나 먹어서 할
짓은 아니지만."

　군단장도 충분히 잘 알고 있었다.

　예하와 아내의 의견을 이기지 못할 것이라는 생각을.

　"군대는 힘든 곳입니다. 저도 군단장님 의견에 공감합니
다."

　같은 남자로서, 그리고 아버지가 될 사람으로서 도훈도 군
단장의 의견을 보필하고 나선다.

　하지만 그렇다고 동숙까지 하는 건 좀 참아달라는 말도 더

해주고 싶지만, 차마 그런 말까지는 할 수 없어 얌전히 입을 다문다.

"고맙구만. 잠시 예하 이야기가 나오긴 했지만, 이건 네 입장에서도 충분히 새겨들을 만할 것이다."

"제 입장… 말씀이십니까?"

"저번에 내가 했던 말 기억하나?"

도훈의 두뇌가 빠르게 회전한다.

군단장이 도훈에게 했던 말.

그리고 그 말은 사단장이 제시한 말과도 겹친다.

"간부 지원… 말씀이십니까?"

"기억하고 있구만."

군단장이 허허 웃으면서 도훈에게 시선을 고정시킨다.

"내 딸이라서 군인으로서의 길을 걷는 것을 반대하는 건 사실이네. 하지만 그거와는 반대로, 나는 자네에게 강력하게 주장하고 싶은 게 있다네."

"……."

"간부에 지원하게. 부사관이든, 장교든. 가급적이면 장교가 좋겠지."

상당히 직접적으로 도훈의 간부 지원을 언급하는 군단장.

이건 예상치 못한 한 방이었다.

"물론 내가 자네의 미래를 결정할 권한은 없다고 생각하네. 하지만 말이야. 자네를 수하에 두고 있는 사람들… 그러니까 훈련소에 있던 간부들이라든지, 123대대 간부들 역시도 하나같이 자내의 우수함에 경의를 표하고 있네. 간부가 병사에게 그 정도로 입에 침이 마르도록 칭찬을 하는 건 매우 드문 일이지."

군단장의 말은 틀리지 않았다.

도훈은 병사로서는 확실히 너무 아까운 인재임에는 틀림이 없다.

게다가 사단장과 군단장의 지원을 받는데, 결코 섭한 딜은 아니라고 생각한다.

"……."

"아직도 고민 중인가 보군."

군단장이 도훈의 눈동자를 바라본다.

젊은 시기에 함부로 미래를 선택할 수 없다.

그 마음은 군단장도 잘 알고 있기 때문이다.

하지만.

도훈은 결심할 수밖에 없었다.

이토록 많은 이가 그의 결심을 기다려주고 있으니까.

"사실은 말입니다."

도훈이 천천히 입을 연다.

지금까지 아무에게도 말하지 않았던 자신의 결심을 결국 군단장에게 털어놓는다.

이미 도훈은 알고 있었다.

자신이 어떠한 결정을 내렸는지.

그리고 그 결정을…….

군단장에게 토로한다.

한동안 도훈의 이야기를 듣던 군단장이 슬쩍 입꼬리를 올린다.

"과연. 그렇구만."

"만족할 만한 답변일지 모르겠습니다만……."

"아니, 그 정도면 충분히 만족스러웠네. 과연. 그런 생각을 하고 있었구만. 하하하! 이거이거, 놀라운데!"

군단장의 눈빛이 이채를 띠기 시작한다.

그러면서 도훈을 지그시 응시한다.

'역시… 놓쳐서는 안 될 인물이었어!'

사단장이 매번 입이 닳도록 도훈의 칭찬을 하도 읊어 대서 사실 군단장으로서는 믿지 못할 이야기도 더러 있었다.

그러나 방금 도훈이 들려준 자신의 결심을 듣고 군단장은 확신할 수 있었다.

"허허허! 부부싸움 때문에 피해서 온 동숙이지만, 생각했던 것보다 꽤나 커다란 수확을 얻었구만!"

"이번 일은 부디 다른 분들에게 비밀로 해주시면……."

"암! 그렇고말고! 내 어디 사단장마냥 이리저리 떠벌리고 다닐 인물처럼 보이는가! 하하하!"

군단장이 호쾌한 웃음을 내며 도훈의 어깨를 여러 번 쳐주기 시작한다.

"자네의 결심에 신념과 믿음을 가지고 굳게 지켜나가게."

"예! 알겠습니다!"

"……."

CP텐트 바깥에서 도훈과 군단장의 말을 듣고 있던 유리아가 밤하늘을 올려본다.

본래는 자기 전에 군단장을 볼 생각으로 CP텐트 안으로 들어가려던 유리아였지만, 도중에 도훈이 내뱉은 말에 발걸음을 멈추고 몰래 경청하는 태도를 유지할 수밖에 없었다.

그리고 듣게 된 도훈의 미래 계획.

"…몰랐어……."

처음 듣는 말이었다.

그 누구에게도 도훈은 자신이 앞으로 무엇을 할 거라는 이야기를 하지 않았다.

심지어 전우들에게도, 그리고 부모님에게도 하지 않았을 것이다.

그 이야기를 유리아는 우연치 않게 듣게 된 것이다.

"하필이면… 왜 이런 때에, 정말!"

타인의 비밀을 듣게 된 것마냥 유리아는 자신의 머리카락을 마구 헝클기 시작한다.

이럴 줄 알았으면 차라리 듣지 말걸.

괜히 듣게 되면서 유리아의 기분은 복잡해질 뿐이었다.

알 수 없는 기대감.

도훈의 말을 들은 순간부터 그런 기분이 느껴졌기 때문이다.

"언니, 거기서 뭐해?"

마침 막사 바깥을 지나가던 예하가 어벌쩡하게 서 있는 리아를 보고 말하자, 당황한 리아가 허둥지둥거리며 작게 외친다.

"쉬─ 잇!! 조용히 해!"

"……?"

영문을 모르겠다는 표정을 지어 보이는 예하에게 황급히 뛰어간 리아가 아무런 일도 아니라며 그녀의 손을 잡고 막사 안으로 들어간다.

그리고 다음 날 아침.

"즐거운 시간 보내고 가네, 포대장."

"예! 살펴 가시기 바랍니다! 군단장님!"

포대장이 여전히 잔뜩 얼어 있는 표정으로 예하와 같이 차를 타고 위병소를 빠져나가는 군단장을 향해 거수경례를 한다.

폭풍 같았던 군단장의 동숙.

조용히 넘어간 것에 대해 안도의 한숨을 쉬는 전방포대 일동이었다.

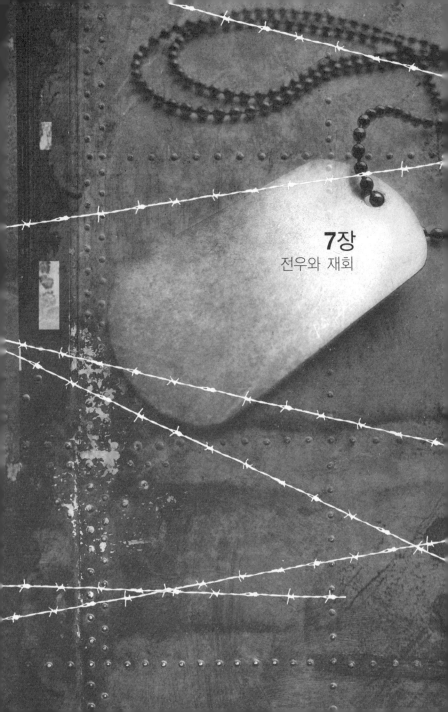

7장
전우와 재회

매미가 한창 미친 듯이 울기 시작하는 어느 여름.

"빨리빨리 이동준비 안 하냐!"

"예!"

행보관의 목소리에 병력들이 일사분란하게 움직이기 시작한다.

얼마 전까지만 하더라도 이 더운 땡볕 아래에서 이들은 대대전술훈련을 마치고 이제 다시 정이 든 막사로 돌아갈 준비를 하기 시작한다.

대대전술훈련을 마치는 동안 알파 포대에 생긴 변화의 바람은 크게 두 가지가 있었다.

우선 뺀질이의 대표적인 선두주자였던 이대팔이 병장을 달았다는 것.

그리고 남우성의 군 생활 마지막 훈련이 끝났다는 것이다.

"나도 이제 말년이구나!"

둘포에서 다른 분대원들과 열심히 포차에 사격기재들을 실으며 말하는 남우성의 한마디가 이제는 농담처럼 들리지 않게 되었다는 점이다.

하기야.

남우성의 맞선임격이라 할 수 있는 이들도 다 전역을 했으니, 포대에서 왕고 역할을 하고 있는 남우성이 바로 다음 전역 차례가 되는 것은 굳이 말할 필요도 없을 것이다.

"남우성 병장님 전역하시면 우린 어쩝니까?"

남우성의 뒤를 이어 둘포반장이자 분대장을 물려받게 된 상병, 김민국의 말에 남우성이 호탕한 웃음을 지어 보인다.

"하하! 멍청한 녀석아, 나 전역하면 오히려 니가 분대 최고 선임이 되는 거니까 기뻐해야 할 노릇이지, 왜 아쉬워하냐."

"그래도 남우성 병장님 덕분에 저희도 다른 분대 눈치 안 보고 편하게 지냈었는데… 좀 섭섭합니다."

"그건 앞으로 네가 잘하면 될 일이다. 열심히 하고 노력하는 사람에게 굳이 태클 걸 악독한 사람은 우리 소대에 없어."

딱히 성격에 모가 난 사람은 제1포대에는 없다.

그것은 남우성의 말이 맞을지도 모른다.

이대팔 같은 뺀질이 타입이 좀 많다는 게 단점이지만 말이다.

한편, 남우성이 이끄는 둘포부대를 지나쳐 하나포에게도 약간의 변화의 바람이 불어왔다.

바로 천부적인 기억력을 지니고 있는 강승주가 일병이 되었다는 것!

아직까지 체력적인 면은 이등병 덩치 2인방인 상남과 근성에 비해 뒤처질지 모르지만, 그 뛰어난 기억력은 진급하는 데에 커다란 도움을 줬다.

화생방을 포함해 이론적인 면에서는 도훈과 마찬가지로 만점을 먹고 들어갔으니까 말이다.

"이근성, 이상남!"

"예, 김철수 상병님!"

덩치 라인의 우두머리인 철수의 말에 상남과 근성이 목소리를 높인다.

"사격기재 다 싣고 곧바로 포차에 포 걸 준비해라!"

"예! 알겠습니다!"

거의 톤 단위급 무게를 자랑하는 155㎜ 견인곡사포를 순수하게 인력으로만 들어서 포차 뒤에 거는 작업이다.

결코 쉽지 않은 작업. 그만큼 부상자도 종종 나오고, 허리에 무리가 가는 과정이다.

분과가 제대로 호흡을 맞추지 않으면 상당히 위험한 훈련이기도 한 이 과정에서 한수가 평소와 다르게 욕지거리를 섞으며 말한다.

"씨발 놈아! 내가 발톱 제대로 들라고 했잖아!"

"죄, 죄송합니다!"

근성이 다급하게 사과하며 포의 가신 발톱을 상남과 함께 마주 든다.

원래 한수의 입이 저리 험한 편은 아니다. 하지만 위험한 훈련인만큼 이렇게 선임이 욕을 해야 후임들이 긴장을 하게 되고, 큰 사고로 이어지지 않게 하는 방지 역할을 도맡아 하는 것이다.

그래서 훈련 때만 되면 간부들도 암묵적으로 선임이 후임에게 욕을 하는 걸 허락하고 있다. 차라리 사고가 나는 것보다는 훨씬 나으니까 말이다.

덕분에 큰 훈련일수록 계급이 낮은 후임들에게는 몸도, 마음도 피곤한 일이 된다.

이동 준비를 마치고 포차 뒤에 오른 하나포 인원들.

도훈도 오랜만의 훈련인지라 긴 한숨을 토해내며 한수에게 말을 건다.

"2박 3일 동안 훈련 수고하셨습니다."

"부대에 들어가기 전까지 훈련이 끝난 건 아니니까. 아직 안심하지 마라, 이도훈."

"예, 알고 있습니다."

"하긴. 나보다 네가 더 잘 아니까."

한수가 피식 웃으면서 그런 도훈에게 약간의 장난 섞인 목소리로 대답해 준다.

요즘 들어서 한수도 어느 정도 여유가 생겼다고 할까.

이대팔에 뒤이어 이제 한수도 이번 달 말에 병장 진급시험을 앞두고 있다.

점점 다가오는 한수의 전역일.

물론 아직 한참 멀었지만, 이제 드디어 도훈은 그다음 전역 차례가 자신에게 다가옴을 여실히 느끼고 있었다.

'드디어 전역이 다가오는구나.'

이 전 차원에서도 누리지 못했던 바로 그 영광스러운 순간.

하지만 그 순간이 오기 전에, 예상치 못한 사건이 하나 더 발생하게 된다.

"아, 그러고 보니."

철수가 뭔가 떠올랐다는 듯이 한수를 찾는다.

"한수 상병님."

"뭐냐, 김철수."

"이번 주 주말에 분과 면회 가능합니까?"

"분과 면회? 하나포 전부?"

"예."

"부모님이라도 오시는 거야?"

"아닙니다. 부모님이 아니라……."

철수가 씨익 웃으면서 기대하라는 듯이 말한다.

"그분들이 오십니다."

포상 안에 포를 집어넣고 막사로 복귀한 하나포 인원들.

이제는 거의 제1포대 전통이 되다시피 한 바로 그 '샤워, 누가누가 먼저 하나! 가위바위보 대전!'을 통해서 오랜만에 1등을 쟁취한 하나포가 먼저 화장실 겸 욕실로 들어가 냉수샤워를 시작한다.

"크~!! 시원하다!"

몸에 온갖 흉터가 새겨져 있는 상남의 몸을 보더니 승주가 살짝 기가 질린 표정을 지어 보인다.

선임이긴 해도, 조폭이 무서운 건 아무래도 마찬가지인 모양인가 보다.

반면, 근성은 그런 상남의 등에 손을 따악! 치면서 말한다.

"이 녀석, 운동 좀 했나 보다?"

"후후. 운동 하면 바로 나, 이상남 아니겠냐."

"샤워 끝나고 바로 헬스장에서 좆나게 한번 운동이나 해볼까?"

"오케이! 가자고!"

운동에 미친 2인방의 모습에 승주는 혀를 내두를 수밖에 없었다.

아무래도 육체파가 아닌 두뇌파에 속해 있는 승주이다 보니까 아무리 자신도 운동을 한다 해도 이 둘의 열정을 따라잡긴 조금 힘든 모양인가 보다.

그런 승주의 모습을 눈치챘는지 도훈이 승주의 머리를 툭 건드린다.

"강승주."

"일병 강승주!"

"너는 너만의 장점이 있잖아. 괜히 후임들 앞에서 기죽지 마라."

"죄, 죄송합니다!"

"죄송할 건 없고. 아무튼 훈련 끝난 뒤에 네가 저 두 녀석들 데리고 청소 좀 깔끔하게 해놔라. 나하고 철수는 잠시 확인해 볼 게 있으니까."

"예, 알겠습니다."

"그리고 한수 상병님은 오늘 당직이라고 하니까 가급적이면 괜히 우리 선에서 해결할 일은 우리가 해결하자. 더 피곤하게 만들지 말고."

"예."

사실 지금의 도훈이라면 분대장에 관한 권한, 혹은 업무도 이미 다 처리할 수 있는 수준이었다.

본래는 이등병 때부터도 충분히 가능했던 일이지만, 계급이 계급인지라 자신이 선뜻 나서서 하겠다는 말을 못했을 뿐이다.

하지만 지금은 이도훈도 상병 아니겠는가.

'선임급이라는 지위가 확실히 편하군.'

계급이 낮았을 때에는 다 알고 있음에도 일부러 빈틈을 만든다든지, 혹은 모른 척을 해야 했다.

허나 이제는 그럴 필요가 없다는 게 참으로 다행이다.

왜냐하면 선임급이니까!

샤워를 마치고 나서 철수를 데리고 행정반으로 들어온 도훈.

"상병 이도훈, 행정반에 용무 있어 왔습니다."

"이도훈, 네가 웬일이냐?"

전포사격통제관이 하품을 하다가 도훈의 모습을 발견하고 묻는다.

아마도 훈련 끝난 이후 재수없게 당직사관에 걸린 것은 통제관인 모양인가 보다. 완장을 보고서 확신을 가지게 된 도훈과 철수였다.

"통제관님, 오늘 당직이십니까? 운도 없으시지 말입니다."

철수의 깐죽거림이 통제관의 성질을 건드렸는지 소리를 꽥 지른다.

"놀리려고 왔냐?"

"그게 아닙니다. 면회 신청 확인 좀 할까 해서 왔습니다."

"…면회? 훈련 끝난 바로 이 주 주말에 말이냐?"

"예! 그렇습니다!"

"…행보관님에게는 말씀드렸냐?"

철수에게 던진 질문이 아니라 도훈에게 던진 질문이었다.

이런 일처리 관련 질문은 철수보다 도훈에게 묻는 편이 더 편하고 확실하니까 말이다.

간부들의 그런 심격을 도훈도 충분히 잘 알고 있기에 예상이라도 했다는 듯이 고개를 끄덕이며 대답한다.

"예, 말씀드렸습니다."

"흐음… 그러냐."

훈련을 마치자마자 샤워를 하기 전에, 도훈은 미리 행보관을 통해서 이번 주에 '그들'이 면회를 온다는 말을 전했다.

물론 도훈이 직접 연락을 받은 게 아니라, 철수를 통해서 연락을 받았기에 좀 더 자세한 사항에 대해서는 말을 해줄 수 없었지만, 면회라는 게 본래 '누가' 오고 '몇 시'에, 그리고 '언제' 오는지만 알면 되는 거 아닌가.

면회 자체도 그리 복잡한 과정을 통과하는 건 아니기에 일방적인 통보만 하면 곧바로 이뤄진다.

게다가 훈련 바로 전 주도 아닌, 훈련이 끝난 주였기에 크게 문제될 소지는 없다.

그런 판단하에서 행보관은 하나포의 단체 면회를 허락해주었다.

도훈의 말을 듣던 통제관이 하품을 하며 고개를 끄덕인다.

"알았다, 내일 당직한테 인수인계하마."

"예! 감사합니다!"

통제관에게 보고를 마치고 난 뒤.

근성과 같이 위병소 근무에 투입되기 위해 30분 이른 저녁 식사를 하기 시작하는 도훈이 식당에 모습을 내비친다.

그러자 주방 쪽에서 아주 구성진 목소리가 들려온다.

"이런 개새끼들아!! 양념을 그따위로 하면 누가 처먹으라는 거냐!!"

유식의 우렁찬 목소리에 취사병들이 깨갱거리는 소리가 여기까지 들려올 정도다.

한수가 훈련을 위해 어쩔 수 없이 입에 걸레를 물었다면, 이유식은 저런 식으로 평소에 입에 걸레를 물고 사는 녀석이다.

성격 하나는 더러운 취사병.

하지만 그만큼 자신의 취사 업무에 철저한 마인드를 지니고 있다.

그런 업무 태도가 군단장에게 칭찬을 받은 요소 중 하나로 작용했을 것이다.

"왔냐, 이도훈."

"그래, 왔다. 그나저나 오늘 메뉴는 뭐냐?"

"치킨이다."

"닭튀김?"

"정식 명칭은 그렇지."

하지만 군대에서 나오는 닭튀김은 사실상 뼈가 50%를 차지하고 있다.

어디서 다이어트만 한 닭들로 재료를 만들었는지 모르겠지만, 여하튼 그렇다.

결국 군대에서 먹는 닭튀김은 튀김 맛으로 먹는 것.

가급적이면 살이 많은 부위를 고르기 위해 집게로 뒤적이기 시작하는 도훈에게 유식이 어이가 없다는 듯이 말한다.

"천하의 군대 마스터도 닭튀김 앞에서는 배고픔에 굶주린 일반 군인이구만."

"이것도 다 먹고살자고 하는 짓이다, 임마. 야, 이근성. 여기 닭가슴살 있다."

"오!! 감사합니다, 이도훈 상병님!!"

역시 후임 챙기는 건 같은 분과 선임 아니겠는가.

최근 상남과 같이 운동하기에 푹 빠진 근성에게 꼭 필요한 닭가슴살 부위를 건네주자, 근성이 연신 감사의 말을 끊임없이 전하기 시작한다.

이등병의 신분이기 때문에 멋대로 자신이 먹고 싶은 닭 부위를 고르기도 눈치가 보인다.

그래서 도훈이 일부러 이렇게 직접 골라준 것이다.

게다가 취사병 왕고인 이유식과 동기인 도훈인지라 뭐라고 쓴소리도 듣지 않는다.

이게 바로 선임으로서 후임 챙겨주기.

"어쨌든 너무 빼먹지 마라."

유식이 마지막으로 그렇게 말하고서 주방을 향해 들어간다.

식사를 마치고 근무 투입을 하기 위해 막사로 올라가려던 찰나였다.

"…음?"

막사의 수풀 사이로 뭔가를 발견한 도훈이 잠시 발걸음을 멈추고 다가간다.

바스락 바스락.

점점 더 커지는 소리에 도훈이 슬쩍 고개를 뻗자…….

"…고양이?"

사람의 손을 타지 않는 고양이가 누운 채 도훈을 올려다보고 있었다.

"혹시 짬타이거냐."

그리운 이름, 짬타이거.

군대 식당에 나오는 짬들을 고양이가 먹고 성장해 덩치가 호랑이급으로 커진다는 말에 유래해 탄생한 단어가 바로 짬타이거다.

하지만 도훈의 시야에 들어오는 녀석으로 보아서는, 아직 새끼로 추정된다.

"산고양이인가."

도훈이 바로 앞에 있음에도 불구하고 사람을 전혀 무서워하지 않는다. 혹시나 해서 사람의 손을 탔던 애완용 고양이인가라는 생각도 문득 들지만, 그렇다고 고양이를 못본 척하고 지나가기는 도훈의 양심이 찔린다.

마침 근처에서 짬통에 음식쓰레기를 버리려던 민석에게 외친다.

"야, 민석아."

"어? 이도훈 상병님 아니십니까. 거기서 뭐하시는 겁니까?"

"잔말 말고 그 짬, 버릴 거지?"

"예… 그렇습니다만."

"그럼 여기에 있는 고양이한테 좀 줘라."

"고양이라니… 짬타이거입니까?"

"그냥 사람 손을 탔던 애완용 새끼 고양이 같다. 나를 봐도 전혀 무서워하거나 그런 게 안 보여."

"이 근방에 애완용 고양이를 키우는 집안이 있을지 모르겠습니다."

시골 of the 시골 지역인지라 민가도 별로 없다.

그런데 개도 아니고, 고양이를 키울 만한 여력이 되는 집이 몇이나 될까.

그래도 이렇게 만난 것도 우연 아니겠는가.

도훈이 민석에게서 식판을 받아온 뒤, 고양이 앞에 놓자 기다렸다는 듯이 허겁지겁 먹기 시작한다.

그 모습이 귀엽기도 하고, 묘하게 안쓰러워 보이기도 해서 도훈이 살짝 손을 내밀어 고양이의 등을 쓰다듬어준다.

짬밥을 먹자마자 다시 산으로 모습을 감추는 짬타이거.

"녀석, 배고프면 다시 와라."

그렇게 말하고선 도훈도 발걸음을 옮긴다.

시간은 흐르고 흘러 드디어 주말이 코앞으로 다가왔다.

"어떠냐?"

남우성이 개구리 마크가 달린 전역모를 쓰며 묻자, 둘포 인원들이 환호성을 지르며 어울린다고 소리치기 시작한다.

남우성의 전역도 얼마 남지 않았다.

그동안 둘포 병사 포반장으로서, 그리고 성적소수자로서(?) 상당히 인상에 남을 만한 대인배 역할을 했던 남우성의 전역을 앞두고 도훈도 약간의 서운함을 느낄 수밖에 없었다.

남우성은 친 하나포 분대장이기도 했다. 하나포와 서로 암묵적으로 동맹을 맺은 역할에는 남우성이라는 존재가 촉매 역할을 해왔기 때문이다.

물론 지금도 하나포와 둘포는 서로 친하게 지내고 있다.

하지만 남우성이 있고 없고의 차이점은 꽤나 크다.

"김철수."

"상병 김철수!"

남우성이 철수를 향해 싱긋 웃어 보인다.

"오랜만에 헬스나 같이하러 가자."

"어허, 남우성 병장님. 은근슬쩍 제 엉덩이 만지려고 하지 마시지 말입니다."

"이 자식이, 내 계획을 어느새… 어흠. 결코 그런 흑심(黑心) 때문에 같이 가자는 거 아니다. 알겠냐."

"절대로 안 갑니다! 절대로!"

남우성의 흑심을 들어버린 철수가 발악을 하지만, 남우성의 완력을 당해낼 수는 없다.

누가 뭐라 해도 제1포대의 힘의 상징이 바로 남우성 아니겠는가.

제1포대 브레인의 타이틀은 현재 강승주가 압도적인 기억력을 토대로 물려받기에 성공했지만, 과연 남우성 다음으로 힘의 상징이라 불리는 병사는 과연 누가 될지 금시초문이다.

철수가 그렇게 남우성에게 강제적으로 끌려갔을 무렵.

"이도훈."

"상병 이도훈."

병장으로 진급한 이대팔이 당직 완장을 찬 채 도훈을 호출한다.

"전화 왔다."

"전화 말씀이십니까?"

"그래."

"누구한테서 온 겁니까?"

"들으면 팍 하고 느낌이 올 거다."

"……?"

"여튼 받아보기나 해라."

대팔이 쓴웃음을 지으며 전화기를 내민다.

설마 하는 생각이 채 가시기도 전에.

수화기에서 상당히 익숙한 목소리가 들려온다.

―잘 지냈냐, 이도훈!

"…대한이 형?"

도훈과 철수가 처음 자대로 전입해 왔을 때 분과 내에서 가장 고참이기도 했으며, 분대장이기도 했던 바로 그 전설의 하나포 분대장, 김대한의 목소리였던 것이다.

그뿐만이 아니다.

―도훈아, 우리도 있다!

"범진이 형에… 재수 형도 있네."

사실 도훈은 철수에게 들어서 주말에 하나포 전역자들이 면회를 올 거란 사실을 잘 알고 있었다.

그런데 막상 목소리를 들으니 왠지 모를 그리움이 문득 사무친 것이다.

─이도훈 목소리 들어보니까 군대는 여전히 힘든 장소인
가 보구만.

　대한이 다시 전화기를 받았는지 장난기 가득한 목소리로
묻자, 도훈이 피식 웃으면서 아무렇지도 않게 대답한다.

　"주말에 면회 온다며. 언제쯤 올 거야."

　─아마 내일쯤 가지 않을까 싶다. 우리도 오랜만에 지금 전
곡 부근에서 만나서 술 한잔 걸칠 예정이거든.

　"술 마시고 내일 온다고?"

　─그래, 그러니까 먹을 거 빨리 말해라. 내일 사가지고 가
게.

　"와서 술주정이나 부리지 마."

　─어허, 이도훈. 너, 많이 변했다? 이 형들에게 그렇게 섭섭
하게 말하다니.

　오랜만에 범진과 재수를 만나서 기분이 좋은 것일까.

　대한의 목소리가 군대 내에서는 들어보기 힘들 정도로 하
이텐션의 기운을 담고 있었다.

　─여하튼 내일 점심때 갈 거니까 그리 알아라.

　"알았어, 술 마시고 사고치지 말고."

　수화기를 내려놓자, 대팔이가 스리슬쩍 다가와 묻는다.

　"먹을 거는 뭐 사 온다냐?"

　"그게 중요한 거였습니까? 이대팔 병장님."

　"간만에 치킨이 먹고 싶은 나의 심정을 네가 알기나 하냐."

"알겠습니다. 먹을 거 목록에 치킨도 추가시키겠습니다."

"역시 이도훈! 내가 제일 아끼는 후임답다!"

치킨 하나로 사람의 환심을 사는 게 이리도 쉬운 일일 줄이야.

도훈이 장난스럽게 웃으면서 종이에 가볍게 '치킨'이라고 메모를 해놓는다.

"가만, 분과 비품이라도 사오라고 말할까."

하나포 분대가 공통으로 쓰는 테이프라든지, 공용품 같은 것을 이번 기회에 마련하고 싶다는 생각이 든 도훈이 승주를 부른다.

"승주야."

"일병 강승주!"

후다닥 달려와 도훈의 앞에 출두한 승주.

그러자 도훈이 종이를 건네며 말한다.

"우리 분과에 지금까지 필요했던 비품이라든지 용품 같은 거 있으면 적어서 나한테 줘라. 네 기억력이라면 충분히 다 알고 있겠지?"

"예, 알겠습니다."

승주가 고개를 끄덕이며 거침없이 글씨를 적어가기 시작한다.

역시 강승주.

경이로운 기억력은 변하지 않았다.

"야, 이상남."

"이병 이상남! 무슨 일이십니까? 형님… 이 아니라, 이도훈 상병님!"

"PX나 가자."

"알겠습니다!"

수고하는 승주에게도 먹을 것도 사줄 겸, 그리고 할 일 없는 주말을 먹거리로 보낼 겸해서 간만에 막사 바로 곁에 붙어 있는 작은 PX를 찾게 된 도훈과 근성.

그러자 PX에서 연신 부채질을 하고 있는 PX병이 더운 숨결을 토로하며 말한다.

"오셨습니까, 이도훈 상병님."

네포 병사이자 전방포대 PX병으로 선정된 한은탁 일병이 길쭉길쭉한 팔과 다리를 작은 PX 계산대 공간에 쑤셔 넣은 채 무더위와 씨름하고 있는 중이었다.

"PX 왜 이렇게 덥냐?"

도훈의 말에 은탁이 잘 말했다는 듯이 목소리를 높인다.

"에어컨이 고장 났습니다, 고장!"

"에어컨 없으니까 완전 한증막이네."

"저는 이 한증막에서 주말을 보내는 중입니다. 진짜 죽을 맛입니다."

부채질 가지고 소용이 없는지, 화장실에서 대야에 물을 떠와 발을 담그고 있는 은탁의 모습이었다.

일병 주제에 저런 호사를 누리는 것은 본래 눈치가 보일 일이지만, PX가 오죽 더웠으면 선임들이 오히려 은탁의 저런 행동을 권유해 주기까지 했겠는가.

"날씨는 점점 더워지지, 에어컨은 들어올 생각을 안 하지. 이럴 줄 알았으면 괜히 PX병 했나 봅니다."

처음 PX병을 선출할 당시.

제1포대 부대는 한바탕 난리가 났었다.

누가누가 PX병으로 선출되느냐에 따라 병력들의 이목이 집중되었기 때문이다.

PX병.

자신의 의지로 마음대로 PX를 열고 닫을 수 있는 절대권력의 소유자.

PX키를 지니고 있는 자, 병사들의 먹을거리를 책임지리라!

그런 전설이 내려오는 보직, PX병이건만. 알고 보니 당첨이 아니라 꽝이었던 것이다.

"그만 투덜거리고 이거나 마셔라."

시원한 스포츠드링크 캔을 건네는 도훈에게 은탁이 어색하게 웃으며 말한다.

"저, 이번 달에 돈 많이 썼습니다……."

"내가 사는 거니까 걱정 말고 마셔."

"역시 이도훈 상병님밖에 없습니다!"

이런 식으로 아마 선임들에게 공짜로 시원한 음료라든지

아이스크림을 뜯어먹었을 것이다. 원래 한은탁이라는 놈은 그런 놈이니까 말이다.

하지만 알면서도 속아 넘어가 주는 게 바로 군대 선임이라는 존재 아니겠는가.

그리고 실제로 친환경 사우나 같은 공간에서 고생하고 있는 것은 사실이니까 이 정도 포상은 어찌 보면 심심한 위로의 표시일지도 모른다.

근성과 함께 잔뜩 먹을 것을 산 채 돌아가던 도훈의 귓가에 또다시 바스락거리는 소리가 들려온다.

셀프 포스 탓에 다른 이들에 비해 유독 오감이 발달된 도훈이 잠시 발걸음을 멈춘다.

그 모습에 상남이 의아한 듯 묻는다.

"무슨 일이십니까? 이도훈 상병님."

"잠깐 이거 들고 있어봐라."

PX에서 사온 물건들이 담겨진 봉지를 상남에게 떠민 뒤, 도훈이 조심스럽게 수풀 사이로 접근한다.

그러자…….

"야옹~!"

마치 기다렸다는 듯이 모습을 드러내 도훈의 슬리퍼를 할짝거리기 시작하는 작은 새끼 고양이.

"너는……."

얼마 전에 봤던 바로 그 짬타이거가 아닌가.

집으로 돌아갈 줄 알았더니, 아직도 산길을 해매고 있었나
보다.

아니면…….

'집으로 돌아갈 수가 없는 건가.'

고양이의 머리를 쓰다듬어주던 도훈이 상남에게 묻는다.

"야, 오늘 당직사관님이 분명 행보관님 아니었냐?"

"예, 맞습니다만……."

"오케이, 알았다."

뭔가 굳은 결심을 한 도훈이 쭈그렸던 자세를 풀며 일어선
다.

그리고 성큼성큼 행정반을 향해 나아간다.

행정반 입구에 선 도훈이 거수경례를 하며 들어간다.

"태풍! 상병 이도훈, 행정반에 용무 있어 왔습니다."

행정반 컴퓨터로 인트라넷을 즐기고 있던 이대팔이 그런
도훈을 보더니 의아한 듯 묻는다.

"무슨 볼 일이라도 있냐?"

"행보관님 혹시 못 보셨습니까?"

"잠시 화장실 가셨는데."

"흐음…….'

행보관이 자리를 비운 사이에, 도훈이 과거의 기억을 되새

겨보기 시작한다.

자신이 있었을 때, 그러니까 전 차원에서는 분명 짬타이거의 존재가 있긴 했었다. 하지만 지금처럼 짬타이거와 직접적으로 대면한 적은 단 한 번도 없었다.

본래 짬타이거라는 게 그거 아닌가.

배고프면 내려와서 짬통에 흘러넘치는 짬을 먹으며 몸집을 불리는 산고양이 같은 존재 말이다.

'전 차원에서 나는 짬타이거와 인연이 없었나.'

그렇게 생각하던 도훈에게 드디어 엄지손가락 체형을 지니고 있는 배불뚝이 행보관이 화장실에서 큰일(?)을 치르고 왔는지 배불뚝이 배를 매만지며 행정실에 등장한다.

"음? 이도훈 아니냐."

"상병 이도훈!"

"무슨 일이냐?"

행보관이 자리에 앉으며 묻자, 이도훈이 침을 꿀꺽 삼키며 묻는다.

"행보관님."

"왜."

"저기……."

용기를 내어보자.

용기를 내면, 그리고 한 발자국 앞으로 내딛게 되면, 지금까지와는 다른 전혀 새로운 세상이 펼쳐질 테니까.

무슨 노랫말 가사도 아니고, 그렇게 스스로에게 긍정 파워 가득한 최면을 새기면서 천천히 입을 열기 시작한다.

"저희 부대에 고양이 한 마리 키우면……."

"안 된다."

너무나도 예리하고 날카로운 반대에 순간 도훈이 할 말을 잃고 만다.

"이 잡것이 무슨 생각을 하는지 모르겠지만, 고양이 같은 거 키울 생각은 하지도 마라. 가뜩이나 대대장님께서 애완견이나 하나 키우자는 말 때문에 골치 아파 죽겠는데, 뭔 말도 안 되는 소리냐."

'역시…….'

애초에 가능성이 없는 싸움이었다.

후각이 발달해 외부의 적이 침입했을 때 경보를 해줄 수 있는 개도 아니고 고양이라니. 말 그대로 애완용으로서 가치가 있는 고양이를 키워 봤자 제1포대에는 아무런 이득이 없기 때문이다.

"그나저나 네가 동물을 사랑하는 마음이 그렇게 깊을 줄은 몰랐다, 이도훈."

"하하하……."

행보관의 말에 도훈은 그저 어색하게 웃음으로 대신할 수밖에 없었다.

사실 도훈이 동물애호가라든지 그런 타이틀을 가지고 있

는 것은 아니다. 하지만 그런 게 있지 않은가.

연약한 새끼 고양이가 오갈 데 없이 똘망똘망한 눈동자로 바들바들 떨며 올려다보면, 아무리 얼음장 같은 마음을 지니고 있는 사람도 그 귀여움과 사랑스러움에 마음이 녹게 마련이다.

도훈 역시도 그 때문에 제안은 해봤으나.

역시나 볼 것도 없이 실패였다.

"차라리 고라니를 키워라, 고라니를."

"에이, 그건 좀……."

밤만 되면 독특한 울음소리 덕분에 섬뜩한 느낌마저 선사해 주는 그 고라니를 어찌 키우겠는가.

여하튼 이것으로 대실패.

물론 예상된 패배였기 때문에 도훈은 미련 없이 다시 고양이가 있을 법한 장소로 돌아간다.

그러나 이미 자리를 뜨고 흔적을 감춰 버린 고양이.

"역시 짬타이거……."

괜히 짬 뒤에 타이거라는 단어가 붙는 게 아니라는 생각을 한 도훈이었다.

그리고 갈망하던 일요일 이른 아침.

한 호텔 방 화장실에서 세수를 마치고 깔끔하게 단장을 하는 안재수가 아직도 침대와 바닥에 널브러져 있는 김범진과 김대한을 바라보며 말한다.

"안 일어나? 후딱 준비하고 면회하러 가야지."

"아따… 머리가 울리는구만."

상반신을 일으킨 대한이 시름시름 앓는 소리를 내뱉는다.

어제 저녁.

시내에서 미리 만나게 된 전역자 3인방은 오랜만에 재회한 기념으로 하루 종일 진탕 술을 마시며 하루를 보냈다.

덕분에 아직도 호텔방에는 소주 냄새로 가득 차있다.

"그나저나 안재수, 너 술 드럽게 잘 마신다?"

"뭐… 체질인가 보지."

대한과 아주 자연스럽게 말을 놓게 된 재수가 스킨과 로션을 착착 바르기 시작한다.

반면, 아직까지도 침대에 늘어져 있는 범진이 대한과 재수의 말소리에 눈을 떴는지, 부스스한 머리카락을 긁적이며 말한다.

"뭐야… 벌써 아침이냐."

"야, 김범진. 너도 후딱 일어나라. 어제 도훈이가 적어준 거 다 사가려면 아침부터 준비해야 한다."

"이도훈 그 자식은 우리를 무슨 심부름 역할로 생각하는 거냐……."

범진이 온갖 혼잣말로 투덜거리지만, 그래도 오랜만에 후임들의 부탁을 들어주는 것도 옛 전역자가 해야 할 일 아닌가.

한때 같은 천장 아래에서 군 생활을 보낸 전우들이기에 그 특별함은 남 못지않다.

"어디 보자… 품, 병장모 하나? 이거, 설마 한수 거냐?"

대한이 미리 받아놓은 쪽지를 보더니 이내 폭소를 터뜨린다.

"이 새끼, 이제 병장 달면 언제 전역하려고!! 하하하!!"

이것이 소위 말하는 '갔다 온 자의 여유' 라는 것이다.

침대에서 이불과 함께 누워 있던 범진도 대한의 말에 공감한다는 듯이 웃음을 내비친다.

"씨발, 나라면 자살 추천한다."

"이것들이 못하는 말이 없구만."

재수가 어이가 없다는 시선으로 둘을 바라본다.

개구리 올챙이 적 생각 못한다고 하더니만.

과거에는 이들도 물병장이었을 때는 이제야 병장모 썼다며 좋아했을 시절이 틀림없이 남아 있다.

하지만 그것도 다 추억이 되어버렸기에 이렇게 후임들의 성장을 보며 놀리듯 말하지만, 분명 그 후임들도 나중에는 이들처럼 똑같은 말을 내뱉을 것이다.

위병소 외곽근무를 서고 있던 철수가 저 멀리서 들어오는 민간 차량을 목격한다.

눈에 익숙한 것으로 보아하니, 틀림없이 포대장의 차량이 분명하다.

바리케이드를 치우며 포대장을 맞이하는 선임근무자, 철수를 보더니 포대장이 편안한 차림으로 차문을 연다.

"아직 전역자들은 안 왔는가?"

"예, 행정반에서 듣자 하니, 지금 대한이 형… 이 아니라. 김대한 전 병장의 차량을 타고 오고 있다고 합니다."

"오, 대한이 녀석. 차도 샀나?"

"중고로 싸게 하나 구입했다고 합니다."

"녀석. 어쨌든 오면 바로 연락줘라."

"예, 알겠습니다!"

막사에는 오랜만에 전역자들을 보기 위해 포대장과 어제 당직을 마치고 행정반에서 간략한 취침을 취하고 있는 행보관, 그리고 오대기 소대장실에 있는 우매한이 대기 중이었다.

이윽고 포대장의 차량이 부대 내로 들어온 지 채 30분이 지나지 않아 처음 보는 민간 차량이 등장한다.

운전석에서 운전대를 잡고 있는 인물을 확인한 철수가 피식 웃으면서 후다닥 위병소 바깥으로 나간다.

"손들어! 움직이면 쏜다!"

"어이쿠, 군인 나으리. 난데없이 민간인에게 총구 들이밀 기냐?"

대한과 범진이 철수의 열혈 연기에 마주 응수해 주듯이 양

손을 들며 말한다.

"오랜만이야, 형들!"

"짜식, 상병 달더니 좀 듬직해졌구만."

차량을 주차시키기 위해 막사까지 올라가는 대한을 제외하고 범진과 재수는 위병소에서 내리기로 한다.

그들의 등장에 제법 긴장한 표정으로 후임근무자 자리에서 보초를 서고 있던 근성이 목소리를 높여 외친다.

"태푸웅! 이병 이근스어엉!"

역시 특유의 끝이 늘어지는 버릇이 유감없이 발동되는 순간이었다.

근성을 보더니 범진이 철수에게 묻는다.

"누구냐?"

"새로 전입해 온 신병이잖아. 보면 몰라?"

"오, 후임? 짜식! 너한테도 후임이 생겼냐?"

"승주 녀석 맞후임이라고. 그것보다 범진이 형, 근성이 보고 가지 않았나?"

"짜샤, 우리 전역하자마자 들어왔겠지. 기억에 없는 거 보면 말이야."

그렇게 서로 잡담을 주고받던 와중에, 철수가 재수에게도 슬쩍 말을 건넨다.

"재수 형도 오랜만이네."

"그래, 잘 지냈냐?"

범진처럼 오지랖이 넓은 것도 아니고, 그다지 유쾌한 성격도 아닌 재수가 가볍게 철수의 어깨를 두드려 준다.

　"예전에는 진짜 후임 티가 팍팍 나던 녀석이 이제는 어엿한 선임급이 다 되었구만. 괜히 내가 다 자랑스럽다."

　"어허. 재수 형, 울지 말라고."

　"이 자식이, 농담하는 건 여전하구만."

　재수가 장난스럽게 철수의 옆구리를 툭툭 두드린다.

　한동안 수다를 나누던 찰나에, 후번근무자들을 인솔하며 모습을 드러낸 이대팔이 멀찌감치서 이들을 부른다.

　"어이! 거기 불한당 두 명! 근무자 보초서는 거 방해하지 말고 후딱 막사로 안 튀어 올라가?!"

　"어쭈? 이대팔 이 자식… 그보다 너, 병장이냐?!"

　"이번 달부터 달았어."

　이대팔이 자랑스럽다는 듯이 방탄모에 붙어 있는 병장 마크를 손가락으로 가리키자, 범진이 배꼽을 잡고 웃기 시작한다.

　"푸하하하하!!! 뚱보 녀석이 어떻게 진급시험은 잘도 통과했네!!"

　"이래 봬도 날쎈돌이 이대팔이라 불리는 몸이라고."

　"그 모습에 잘도 날쎈돌이겠다! 크크큭!"

　범진의 가차없는 악평에 이대팔이 성질을 부리면서 언성을 높인다.

"에이, 아무튼 민간인 주제에 여기서 괜히 근무자들 방해하지 말고 후딱 따라 올라오기나 해. 철수야, 근무교대다."

"예! 알겠습니다! 가자, 근성아."

"알겠습니드아!"

한편.

범진과 재수보다도 먼저 막사 위로 올라와 차량을 주차시킨 대한이 차에서 내리자, 기다리고 있었다는 듯이 한수가 손을 흔들며 마중을 나온다.

"오랜만이야, 대한이 형."

"오! 병장 한수!"

"아직 진급 안 했어. 병장 진이긴 하지만."

"그래도 다는 게 어디냐? 안 다는 것보다 훨씬 좋지."

여전히 유쾌한 성격을 보이며 막사 계단 위로 올라가기 시작하는 대한.

사실 김대한은 전방포대를 처음 와 본다.

부대가 이전하기 전에 전역을 했으니까 말이다. 범진과 재수도 전역을 하기 전에 고작 단 며칠 동안만 전방포대 생활을 했을 뿐이지, 이렇게 제1포대가 전방포대로 자리매김하고 나서는 거의 처음 오는 것과 다름이 없다.

"그나저나 부대가 어째 휑하냐?"

"전방포대니까. 그래도 있을 건 다 있다고. 저기 보이는 저

조립식 건물이 PX야."

"이야! PX 졸라 가깝네."

"그리고 저기는 식당이고."

"씨발, 뛰어서 1분도 안 걸리는 거리잖아! 전방포대 완전 좋네!"

"최근 들어서 그런 거 같아. 대대장님 눈치 안 봐도 되고."

요즘 들어 전방포대의 장점을 여지없이 체감 중인 한수의 말에 대한이 너털웃음을 터뜨린다.

"말년은 좀 편하게 보낼 거 같냐?"

"일단 분대장부터 떼야지."

"한참 달 짬이 벌써부터 분대장 뗄 생각부터 하냐? 밑에 애들은 잘하고?"

"도훈이는 굳이 말을 할 필요도 없고. 승주 녀석도 잘하고 있고… 요즘 부쩍 달라진 건 철수라고 할까."

"철수 녀석"

한수가 대한을 이끌고 행정반으로 올라가는 계단을 천천히 밟으며 말을 이어간다.

"그동안 도훈이 녀석의 곁에서 보고 배운 게 많은 모양인지, 아니면 말 그대로 짬이 늘어가면서 그런지는 모르겠지만 요즘은 확실히 선임 티가 많이 나더라고. 군 생활도 예전 그 이병 김철수에 비해서는 훨씬 잘하게 되었고."

"철수 녀석도 성장하고 있고만."

얼마 전까지만 해도 어리바리의 대명사라 불리던 김철수가 벌써부터 여기까지 성장한 것이다.

군대에서 계급은 그 사람을 성장시키는 일종의 원동력 역할을 하기도 한다.

계급이 올라갈수록, 아는 게 많아지고, 밑에 들어오는 자들이 많아진다.

그러면 점점 자신이 해야 할 일이 늘어가고, 그 일에 책임감이 부여된다.

그 책임감이 철수를 성장시킨 요인일 수도 있다.

"그나저나 우리 자랑스러운 이도훈 씨는 어디 있나?"

"글쎄… 야, 승주야!"

마침 막사를 지나가던 승주를 발견한 한수.

자신의 이름이 호명되자, 고개를 돌리던 승주가 큰 목소리로 대답한다.

"일병 강승주!"

"오… 새로운 후임이냐?"

대한이 한수에게 슬쩍 묻자, 한수가 순간 대한이 승주를 본 적이 없다는 사실을 떠올린다.

"내가 저번에 말했던 적 있었지? 기억력이 기가 막히게 좋은 녀석이 있다고."

"아, 도훈이 뽑았다는 그 '당첨' 녀석이 저놈이냐?"

도훈의 선견지명으로 뽑은 신병이 바로 강승주다.

경이로운 기억력을 토대로 재수의 뒤를 이어 제1포대 브레인이라 불리는 강승주가 하나포의 선대 분대장, 김대한과 조우하게 된다.

"태풍! 처음 뵙겠습니다, 일병 강승주입니다!"

옛 전역자인 김대한에게 각이 잡힌 거수경례를 하자, 대한이 스리슬쩍 웃으면서 대충대충 말한다.

"그렇게 각 안 잡아도 되고, 그냥 편하게 형이라고 불러."

"……."

승주가 한수의 눈치를 보기 시작한다.

아직 일병이긴 하지만, 전역자를 직접 봤을 때는 어떤 식으로 대해야 좋을지 아직 경험해 보지 못한 승주의 갈등이 그대로 눈빛에 표출된다.

그러자 한수가 그렇게까지 긴장하지 말라는 듯이 대답해 준다.

"대한이 형 말대로 해. 어차피 전역한 민간인이니까."

"야, 한수야. 너, 나 전역한 이후에 성격 많이 변했다?"

"대충 이런 사람이니까. 알 만하지?"

"아, 예!"

고개를 끄덕이며 알겠다는 듯이 반응을 보인다.

그래도 민간인 대접을 받으니까 확실히 자신은 전역자라는 사실을 다시금 체감하게 된 대한이 막사로 올라가려던 찰나였다.

"태풍!"

한수가 막사 바깥을 지나가던 하나포 반장, 우매한에게 거수경례를 한다.

경례를 받은 우매한이 뒤에 따라오던 대한을 바라본다.

"말로만 듣던 전역자 김대한인가 보구만."

우매한의 말에 대한이 한수에게 누구냐며 눈짓하자, 한수가 가볍게 우매한을 소개한다.

"현재 우리 하나포 반장님이셔."

"그렇구만, 안녕하세요! 새로운 하나포 반장님. 생각해 보니까 저 전역한 이후에 새로운 분이 하나포 반장님으로 오셨다고 들었는데… 만나 뵙게 되어서 반갑습니다."

"그래, 반갑구나."

우매한과 대한이 자연스럽게 악수를 한다.

나이상으로는 누가 딱히 많거나 적거나 하는 건 아니지만, 아무래도 간부한테는 뭔가 쫄리는 그런 습성이 대한에게는 아직까지 남아 있나 보다.

이래 봬도 예비군 1년차밖에 안 되니까 말이다.

행정반으로 들어서려던 이들.

그 중간에, 드디어 아직 만나보지 못한 옛 하나포 전우 중 하나가 대한을 발견한 듯 말을 걸어온다.

"대한이 형!"

"오!! 군대 마스터, 이도훈!"

대한이 반갑다는 듯이 두 팔을 벌려 도훈과 가볍게 포옹한다.

　마침 빨래를 다 널고 생활관으로 복귀하던 도훈이 대한을 발견하고 먼저 반응을 한 것이었다.

　"이제 도착한 거야?"

　"그래, 임마. 내가 재수하고 범진 두 녀석 데리고 왔다."

　"차 샀어?"

　"싸게 샀지."

　"돈 좀 버나 보네."

　"벌긴 개뿔. 할부로 싸게 하나 산 거뿐이야. 돈 없이 빌빌대는 인생이다."

　도훈에 뒤이어 마침 PX를 다녀온 남우성이 대한과 마주친다.

　"대한이 형이잖아!"

　"남우성! 너, 이제 말년이라더니 포스가 확 나는구만."

　울끈불끈한 체격의 남우성이 시원스럽게 웃으면서 머리를 긁적인다.

　"범진이 형하고 재수 형은?"

　"곧 막사로 올라와서 애들 한 번씩 볼 거니까 그때 인사하면 될 거다."

　"그래?"

　"여튼 전역 축하한다, 이 녀석아."

"아직 멀었어. 떨어지는 낙엽도 조심해야 할 시기라고."

"임마, 지금 여름이다. 낙엽은 개뿔."

이런저런 이야기를 나누는 와중에, 행정반에서 이들의 이야기를 듣고 있었는지 행보관이 버럭 소리를 지른다.

"바깥에서 언제까지 쫑알쫑알 이야기나 할 거냐, 김대한!"

"실례합니다, 행보관님!"

대한이 장난스럽게 거수경례를 하며 행정반으로 들어온다.

그러자 포대장과 행보관이 입가에 미소를 지으며 대한을 맞이한다.

"잘 지냈나?"

"예! 잘 지냈습니다!"

포대장의 손이 대한과 마주 악수한다.

행보관은 방금까지 막 자다 왔는지 흰색 티와 군복 바지만을 걸치고 대한을 맞이한다.

"이 잡것아, 얼굴 보니까 기름기가 좔좔 흐르는구만, 다시 군대에 처넣어서 작업 좀 시켜야겠네."

"행보관님, 무서운 소리 하지 마시기 바랍니다. 안 그래도 요즘 군대 다시 가는 꿈 꿔서 식겁하면서 깬다니까요."

대한의 말을 듣고 있던 모두가 하하 웃으면서 농담으로 받아들인다.

그러나 도훈의 입장에서는 참으로 오묘한 미소를 지을 수밖에 없었다.

왜냐하면 이미 도훈은 그 꿈이 실제로 벌어졌기 때문이었다.

'군 생활을 다시 하는 남자는 참으로 보기 드물지.'

게다가 말년 바로 직전에 이등병으로 회귀하는 사람은 이도훈 한 명밖에 없지 않을까 싶다. 그것도 차원관리자의 실수로 인해서.

어차피 차후에는 이런저런 보상절차를 통해 잘 해결되었다 하지만, 아직 도훈이 전역을 한 것은 아니니까 말이다.

대한이 행정반에서 간부들과 만나고 있을 무렵.

대팔이는 전번근무자였던 철수와 근성, 그리고 면회를 온 재수와 범진을 데리고 막사로 복귀한다.

"포대장님, 행보관님!"

"태풍!"

재수와 범진도 행정반에 들어서자마자 포대장과 행보관에게 똑같이 거수경례를 한다.

전역을 한 지 얼마 안 된지라 대한에 비해서는 그래도 나름각 잡힌 거수경례에 포대장도 마주 거수경례로 받아준다.

"그래, 다들 잘 지냈나."

이대팔이 커피를 타오자, 포대장이 대한과 재수, 범진에게 근황을 묻는다.

그러자 대한이 머쓱하게 웃으며 말한다.

"전 뭐… 아직 인턴이긴 하지만, 자그마한 중소기업에 취직해서 일하고 있습니다."

"오, 그래? 꽤나 빨리 취직했구나."

"공부에 소질이 없으니까 취직이라도 빨리 해야죠. 범진이 녀석은 운동 다시 한다고 합니다."

모두의 시선이 김범진에게 쏠리기 시작한다.

축구뿐만 아니라 운동신경 자체가 좋은 범진이었기에 나름 이해가 되는 대목이기도 했다.

"운동이라면 뭘로?"

철수가 총기보관함에 자신의 총을 넣으며 묻는다. 그러자 범진이 별거 아니라는 듯이 뻘쭘하게 대답한다.

"그렇게 거창한 건 아니고, 그냥 체육학과에 진학해서 체육선생님을 노릴까 생각 중이야."

"에이, 그건 좀 오버다, 범진이 형. 무슨 선생질이야? 형한테 안 어울… 으악?!"

"오랜만에 나의 환상적인 엉덩이 걸어차기 실력 좀 맛봐라! 이 녀석아!"

간만에 보는 철수와 범진의 만담듀오에 모두가 웃음바다가 된다.

뒤이어 행보관이 재수의 최근 근황을 묻기 시작한다.

"넌 최근 뭐하면서 지내냐."

"전 대학원 갈까 합니다."

"오, 학업에 열중하는 건 좋지."

역시 전(前) 포대의 브레인다운 답변이었다. 계속해서 공부를 해 박사학위에 도전하는 중이라는 재수의 말에 모두가 고개를 끄덕인다.

전역을 하고 난 이후에도 이들은 변함없이 사회라는 또 다른 군대에서 열심히 노력을 하고 있다.

다만, 군대와 있을 때 다른 점이 있다면 그 목표가 확연하게 다르다는 점이다.

군대에 있을 때의 목표는 무사 전역.

그리고 사회에서의 목표는 바로 '꿈' 이다.

이들은 현재.

꿈을 위해 노력하고 있는 중이었다.

"치킨!!!"

"피자!!!"

근성과 상남이 치킨과 피자에 눈이 멀어 허겁지겁 해치우는 와중이었다.

"이상남, 너는 얼마 전까지 휴가 나갔다 온 놈이 벌써부터 먹을 거 타령이냐."

"이도훈 상병님! 치킨과 피자는 먹어도 먹어도 또 먹고 싶어지는 그런 거 아니겠습니까!"

대국민 야식거리라 불리는 두 양대 산맥에 천하의 이도훈도 차마 반론을 펼칠 수가 없었다.

먹고먹고 또 먹어도 생각나는 그대의 이름은 치킨, 피자.

이들을 뒤로하고 대한이 종이가방에서 무언가를 꺼내 한수에게 건넨다.

"자, 선물이다."

"이건……!"

한수에게 전해진 것은 다름 아닌 병장모!

"본래 후임 진급할 때 전투모는 선임이 사주는 게 전통 아니냐. 그런데 한수, 니 위에 분과 선임이 없으니까 특별히 우리가 사주는 거다."

"……."

"아, 물론 도훈이 부탁해서 사온 거니까. 나중에 도훈이한테도 고맙다고 해라."

역시 이도훈이라고 할까.

이런 거는 기가 막히게 챙길 줄 아는 군대 마스터다.

한수는 별다른 말은 하지 않았지만, 그저 도훈의 어깨를 두드려 주는 것으로 고마움의 마음을 표시한다.

그렇게 식당에서 한창 먹을 거를 해치우고 있을 무렵, 주방에서 모습을 드러낸 이유식이 젓가락을 챙겨온다.

"아따, 형님들. 저 이유식을 안 챙기고 분과 후임들만 챙깁니까."

"오! 반갑다, 이유식. 취사병은 할 만하냐?"

"죽을 맛입니다, 진짜. 고작 3명으로 거의 90명분을 만들려니까 어깨 빠질 거 같습니다."

유일하게 전방포대로 이전해 와서 불만을 토로하는 집단이 있다면 바로 취사병들이었다.

그래도 대대장이 자주 안 온다는 사실만으로도 그 불만을 상쇄시키고도 남으니 별로 상관없다는 반응을 보인다.

한창 그렇게 식당에서 파티를 벌이고 난 뒤.

전방포대를 한 번씩 구경시켜 주던 도훈에게 범진이 하나포를 가리키며 외친다.

"야, 재수야. 생각나냐?"

"뭐가."

"우리가 전역하기 직전에 벌집 떼려고 했던 거."

"…그래, 생각난다. 이제와서 뒤돌아보면 참 병신 같은 짓이었지."

범진과 재수의 말에 대한이 배꼽을 잡으며 폭소하기 시작한다.

"너희, 말년에 벌집 제거도 했냐? 푸하하하하!!"

"그렇게 웃지 마쇼, 대한이 형. 우리는 우리 나름대로 전역하기 전에 애들에게 뭔가 도움을 주려고 했으니까."

결국 실패로 돌아갔지만, 그래도 그들의 노고는 잊혀지지 않을 것이다.

그 밖에 위병소 구경이라든지, 다른 포상을 쭉 둘러보고 난

뒤.

"벌써 시간이 이렇게 됐네."

오후 5시에 근접하고 있는 이 시각.

슬슬 전역자들은 돌아가야 할 시간이 다가온 것이다.

"벌써 가려고?"

철수가 섭섭하다는 듯이 말하자 재수가 씁쓸히 웃어 보인

다.

"그래도 어쩔 수 없지. 각자의 생활이 또 있으니까."

"괜히 섭섭하네."

오랜만에 모인 하나포 전우들.

김대한을 필두로 범진, 재수, 그리고 한수와 철수, 도훈까

지.

옛 하나포 인원들이 모처럼 모였는데, 이대로 헤어지기에

는 뭔가 섭섭한 기분이 드는 건 어쩔 수 없나보다.

"그럼 우리, 오랜만에 그거나 하자."

범진이 뭔가 떠올랐다는 듯이 말한다.

그 순간, 재수가 범진의 의도를 눈치챈 듯 한숨을 내쉰다.

"또 '내기 대회' 냐."

"역시 나의 동기구만."

하나포 하면 바로 전통적으로 내려오는 '내기 대회' 아니

겠는가.

대부분 범진이 제안해서 실행되긴 하지만, 실로 오랜만에 옛 하나포 전우들끼리 하는 내기 대회에 설레임을 느끼기 시작한다.

"그럼 종목은……."

"돌 멀리 던지기. 간단하고 좋잖아."

역시 김범진. 내기 대회를 주최하면서 동시에 종목도 생각하고 있었나 보다.

어찌 저찌 해서 돌 멀리 던지기 내기 대회를 시작하게 된 이들.

첫 번째 주자로 철수가 나선다.

그리고 뒤이어 재수와 범진, 한수까지.

마지막으로 대한이 던지고, 도훈이 마무리를 짓는다.

슈웅—

멀리멀리 날아가는 돌덩이를 바라보며 옛 하나포 인원들은 쓴 웃음을 지을 수밖에 없었다.

"신기하단 말이야."

다시 한 번 돌덩이를 던지던 대한이 입을 연다.

"분명 내가 군인이었을 당시에는 그렇게나 전역을 하고 싶었는데, 지금은 때때로 군대가 그립더라고."

"……."

"부족하지만, 그리고 힘들지만 서로가 서로의 버팀목이 되어 극복해 나가는 건 군 생활에서만 할 수 있는 체험이잖냐.

장난삼아 군대 좆같다고는 하지만, 나중에 전역을 하고 나서는 이것도 다 정말 내 인생에 있어서 둘도 없는 소중한 체험이라는 걸 깨닫게 되더라."

"모처럼 대한이 형이 좋은 소리 하네."

범진도 공감한다는 듯이 바닥에 있던 돌덩이를 멀리 던져 보인다.

"나도 막상 체육선생이니 뭐니 하면서 노력은 하는데. 가끔 군 생활이 그립곤 해. 안재수, 너도 그렇잖냐?"

"굳이 말로 표현할 것도 없지, 뭐."

전역자들은 군대를 그리워하곤 한다.

왜냐하면.

인생에서 두 번 다시 맛볼 수 없는 체험이니까.

그리고 그 체험을 다시금 되새기는 시간을 가졌던 전역자들은 이제 각자의 생활로 돌아가기 위해 대한의 차에 탑승한다.

"오늘 즐거웠다, 애들아."

"오고 싶으면 언제든지 또 와!"

한수가 떠나가는 이들을 향해 손을 흔들며 외친다.

남는 자.

그리고 다시 떠나가는 자.

군대는 순환의 반복이다.

그 속에서 이들은 추억을 새기고, 새로운 출발점을 도모

한다.

추억.

아마도 전역하는 이들에게 군대가 선사하는 마지막 전역 기념 선물의 이름이 아닐까 싶다.

8장
그대를 필요로 하는 장소

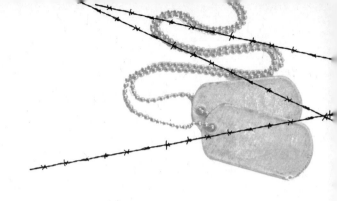

　오늘도 군대에서 노가다를 하며 일상을 보내고 있던 전방 포대.

　─아아. 지금 전 병력은 사열대 앞으로 집합해 주시기 바랍니다. 다시 한 번 말씀드립니다. 지금 전 병력은 사열대 앞으로 집합해 주시기 바랍니다.

　"집합 방송이네. 무슨 일이지?"

　철수가 이마에 송골송골 맺힌 땀방울을 닦으며 묻는다.

　그러자 근처에서 벽돌을 나르고 있던 상남이 슬쩍 자신의 의견을 토로해 본다.

　"식사집합 아닙니까?"

"식사집합은 개뿔. 지금 오후 3시다. 밥 먹으려면 한참 멀었어."

말도 안 되는 소리를 하는 상남에 뒤이어 근성이 대답한다.

"오침 집합이라고 생각합니드아!"

"오침은 점심 먹고 나서 했잖아. 니들은 기억력이 왜 이리 딸리냐."

철수가 어이가 없다는 듯이 고개를 절레절레 흔든다.

덩치 3인방이 이렇게 대화를 하니 약간 웃겨 보이긴 하지만, 그래도 가급적이면 머리를 좀 굴릴 수 있는 습관을 들여놓으면 좋지 않을까 한다.

"승주야."

"일병 강승주."

"역시 너밖에 없다. 저 집합 방송이 뭐라고 생각하냐?"

"생각할 필요도 없이 그거 아닙니까? 훈련 집합 말입니다."

"훈련?"

철수가 처음 듣는다는 표정으로 묻자, 승주를 대신해 도훈이 대답을 해준다.

"예비역들이 와서 같이 훈련하는 거. 동원 훈련하는 주니까 그거 준비하려고 하는 거겠지."

"동원훈련을 여기서 받아?"

"예비군 연대나 동원부대가 멀어 가기 여의치 않은 사람들은 근방 현역 부대에서 현역들과 같이 훈련하는 경우도 종종 있어. 우리 부대 같은 경우에는 6—9명 정도가 와서 같이 훈련을 하곤 하지."

"…넌 우리가 입대하고 나서 지금까지 동원훈련 한 번도 안 해봤을 텐데 어찌 그렇게 잘 아냐."

"그냥 사소한 건 넘어가."

사실 철수의 말에 '난 동원훈련만 이번에 3번째 하는 거다' 라고 말을 해주고 싶은 도훈이었지만, 그가 미래에서 왔다고 주장을 해도 믿을 사람 한 명도 없다는 생각에 그 말을 다시금 삼킨다.

"어쨌든 도구 정리하고 집합하러 가자. 상남이하고 승주가 삽하고 곡괭이 뒷정리하고, 근성이 니가 추진한 거 봉지에 담아서 버리고 와라."

"예! 알겠습니다!"

알아서 척척 각자 해야 할 역할을 지시해 주는 도훈의 모습에 철수는 낮은 목소리로 말한다.

"오~ 역시 차기 분대장."

"그러는 니놈은 부분대장 아니냐."

잠시 자신의 지위를 망각하고 있는 부분대장, 김철수에게 도훈은 또다시 쓴소리를 내뱉을 수밖에 없었다.

동원훈련.

예비역들이 받는 훈련의 대표적인 통과절차로서, 2박 3일 동안 군부대로 와서 머물며 훈련을 받는 것을 의미한다.

동원훈련을 받는 예비역들은 현역의 가장 커다란 적이라 할 수 있다.

적을 알고 나를 알면 백전백승(百戰百勝)이라고 하지 않는가.

예비역은 현역 생활을 해왔기 때문에 군 생활을 너무나도 잘 알고 있다.

심지어 말년병장조차 감당하기 힘든 존재가 바로 예비역!

'…가장 싫은 부류가 오는구만.'

사열대 앞에 집합한 병력들에게 포대장이 내일 있을 동원훈련에 대해 간단히 설명에 임한다.

"민간인들이니까 함부로 핸드폰 쓰게 해줘도 절대 받지 말고, 기타 군 정보에 관한 것들을 함부로 발설하면 안 된다. 알겠나."

"예! 알겠습니다!"

"각 분과당 한 명씩 예비역이 배치될 예정이다. 분대장들은 예비역 특히나 잘 챙기고. 2박 3일 동안 예비역을 집중 마크하면서 무슨 일 터지지 않게끔 특히나 주의하도록."

"예!"

도훈에게 있어서 유격보다도, 혹한기보다도 더 받기 싫은 게 바로 동원훈련일지도 모른다.

물론 지금 도훈은 말년병장이 아니지만, 예비역 챙기기가 너무 귀찮고 짜증나기 때문이다.

게다가 한수는 오늘 당직을 맡았기 때문에 내일 예비역을 챙겨야 할 인물은 다름이 아닌 도훈이 된다.

"이도훈. 그렇게까지 동원훈련이 싫냐? 오만상을 다 부리고 그러냐."

집합 해제 이후, 아까부터 도훈의 행동을 관찰하던 철수가 슬쩍 묻자, 도훈이 전투모를 거칠게 벗으며 말한다.

"너도 한번 겪어보면 자연스럽게 알게 될 거다."

"뭐를?"

"…예비역의 무서움을."

이때 당시, 도훈의 말을 하나포 인원들은 알지 못했다.

그러나.

동원훈련 당일이 되는 순간부터, 하나포 인원들은 도훈의 말뜻을 즉각적으로 이해할 수 있었다.

동원훈련, 그것은 바로 악몽의 시작이었음을.

다음 날 오전.

9시 이전에 속속들이 자가용을 타고 등장하는 예비역들이 전투복 상의는 바지 바깥으로 빼 입고, 고무링은 어디로 실종됐는지 나팔바지처럼 너풀거리는 바짓자락을 휘날리며 제1포대에 등장한다.

한눈에 봐도 예비역이라는 티가 확연하게 느껴지는 민간인 7명. 즉, 이들은 앞으로 '예비역 세븐(Se7en)'이라 불리게 될 인물들이기도 하다.

"선배님 오셨습니까! 태풍!"

"어어~ 반갑다, 후배."

도훈의 거수경례를 보고 대충 인사를 받은 예비역 한 명이 도훈의 어깨를 가볍게 툭툭 건드려 준다.

괜히 뻘쭘해진 도훈이 어색하게 웃으며 예비역을 부른다.

"선배님, 제가 앞으로 선배님이 2박 3일 동안 소속될 하나포 예비 분대장, 이도훈 상병이라고 합니다."

"예비 분대장? 현 분대장은 어디 가고?"

"어제 당직 서느라 근무휴식 중입니다."

"그럼 어쩔 수 없지. 어쩐지 초록색 견장이 없다 싶었다. 하하하! 요즘 군대는 많이 바뀌었구나~ 라고 생각하고 있었지. 나 때는 초록색 견장이 뭐가 그리 좋았는지 맨날 차고 다녔는데!"

물론 지금도 매일 차고 다녀야 한다.

그게 군대 규율이니까 말이다.

하지만 예비역은 주구장창 자신의 군 생활 때 이야기의 보따리를 풀어놓기 시작한다.

그 말을 고스란히 다 들어주는 도훈은 속으로 한숨을 쉴 수밖에 없었다.

'벌써 시작이구만!'

예비역의 습관 중 하나.

바로 '나 때는 안 그랬는데. 군대 많이 편해졌네~' 스킬이 발동하기 시작한 것이다.

이래 봬도 도훈은 군 생활 3년차에 빛나는 인물이다.

따져보면 예비역보다도 더 많은 군 생활을 해온 대단한 인물이지만, 이 예비역이 알 리가 없다.

"아, 맞다. 난 김성태라고 한다. 잘 부탁해."

"예, 김성태 선배님. 잘 부탁드립니다!"

겉으로는 천사 병사인 척 연기.

하지만 속은 그 누구보다도 예비역의 꼬장을 아주 잘 알고 있는 이도훈이다.

그가 누구인가.

한때 부대 내에서 꼬장으로 유명했던 전직 꼬장의 신 아니겠는가!

하지만 그에게도 천적이 있다.

바로 눈앞에 있는 예비역.

아무리 도훈이 날고 기는 꼬장의 신이라 하더라도 '현역'이라는 두 글자가 발목을 붙잡는다. 행보관에게 별다른 힘을 쓰지도 못하고, 간부를 보면 발발 기는 게 우리나라 현역의 실태 아니겠는가.

하지만 예비역에게는 간부든 뭐든 일단 적이 없다.

그들에게는 어차피 모두가 아저씨이기 때문이다.

그래서 더욱 무서운 것이다.

통제수단이 없는 망아지는, 어디로 튈지 모르는 그 행동력이 두려움을 초래하니까 말이다.

"그럼 어디 한번 내가 2박 3일 동안 지낼 막사 한 번 구경하러 가볼까?"

김성태가 스포츠 가방을 들고 도훈을 슬쩍 보며 말한다.

"뭐해? 안내해, 후배."

"예! 선배님!"

깍듯이 대답하며 재빠르게 앞장서 걸어가기 시작하는 이도훈.

'2박 3일만 참자, 참아!'

이 또한 지나가리라.

도훈은 옛 명언을 떠올리며 오늘부터 하나포에서 같이 생활하게 될 예비군, 김성태를 데리고 막사에 입성한다.

김성태.

그는 123대대 제1포대 출신으로서, 3년 전에 전역을 한 예비역이다.

전역을 하자마자 일찍 취직하진 못하고, 아직까지 취업 준비생이기도 하다.

집에서 매일 빌붙으며 도서관을 왔다 갔다 하지만, 말만 공무원 준비를 하는 것이지 사실은 제대로 공부조차 하지 않는다.

그런 그에게 어느 날, 1년에 한 번씩 온다는 바로 그 통지서가 날아온 것이다.

바로 예비역 훈련!

덕분에 투덜투덜거리며 자신이 근무했던 123대대로 오게 되었다.

3년 전에는 제1포대가 전방포대였다가 다시 대대로 들어가고 2년만에 다시 전방포대로 올라오게 되었다.

부대도 같고, 훈련받는 장소도 예전에 자신이 군 생활을 하던 곳인지라 성태는 나름 쾌재를 부르짖을 수 있었다.

'짜식들, 전방포대에서 나보다 더 오래 근무한 놈은 없겠지. 크큭.'

성태는 어디가 가장 짱박히기 좋은지, 그리고 어느 지역이 행보관조차 찾기 힘든 장소인지 이미 머릿속에 훤히 기억해 두고 있었다.

이래 봬도 말년병장보다도 더 심하다는 예비역 아닌가.

그의 꼬장은 이미 전설로 기록되어 있었다.

"여기가 저희 하나포 포상입니다, 선배님."

"이야~ 신기하게 생겼네."

하지만 성태는 일부러 모른 척하는 제3자로서의 지위를 철저하게 연기한다.

이들이 만약 자신이 123대대 제1포대 출신이라는 사실을 알게 되면, 필사적으로 마크를 하려고 하기 때문이다.

현역들에게는 약간, 아― 주 약간 미안한 감정이 들지만.

그래도 이것도 다 예비역이 편하게 동원훈련을 보내고자 하는 일 아니겠는가.

"다음으로는 여기 포상 안에 있는 사격기재……."

도훈이 재미없는 설명을 계속 이어가는 와중에, 성태는 이미 한 귀로 듣고 한 귀로 흘리며 주변을 살펴보기 시작한다.

짱박히기 좋은 곳을 물색함과 동시에, 3년 전 자신이 알고 있는 부대와 얼마나 차이점이 있는지 확인하기 위해서이다.

일명, 농땡이를 부리기 위한 현장 답사라고나 할까.

어차피 도훈이 설명해 주고 있는 것은 이미 다 3년 전에 지겹게 기억하던 것들이니까 말이다.

한편, 계속 설명을 이어가는 도훈이 순간 성태의 모습을 일시적으로 바라본다.

'행태가 수상한데.'

뭔가… 다른 예비역들과는 다르게 너무나도 여유가 넘친다.

'이번 예비역… 특히 조심해야겠군.'

도훈은 자신도 모르게 경계태세를 강화하기 시작한다.

간단하게 포를 구경시켜주고 난 도훈은 점심식사를 하기 위해 성태를 데리고 식사로 향한다.

하나포 분대원들도 옹기종기 모여서 성태와 함께 밥을 먹기 위해 오와 열을 맞춘다.

그러나 성태는 대놓고 귀찮다는 표정을 지어 보이며 도훈을 부른다.

"야, 후배야."

"예, 선배님."

도훈이 깍듯이 대하며 후다닥 성태에게 다가가자, 성태가 대충 눌러쓴 전투모와 함께 중얼거린다.

"어차피 식당까지 거리도 얼마 안 되는데 굳이 줄 세워서 가야 하냐? 그냥 가자."

"예비군 훈련 동안에는 가급적 오와 열을 맞춰 다니라는 대대장님의 엄포가 있었습니다."

"어허. 원래 이런 거는 그냥 가라로 하는 거잖아."

"죄송합니다, 선배님. 저희 입장도 이해해 주시면……."

"…알았다, 알았어."

슬슬 짜증이 올라오는 성태였지만, 그래도 후배들을 괴롭힐 생각까지는 없는지 순순히 굴복하고 만다.

그러나 여기서 성태의 짜증을 부활시키는 계기가 또 나오게 되는데.

"이런 쌍, 역시 군대 짬밥은 진짜 알아줘야 한다니까."

괜히 식당으로 와서 밥을 먹는다는 선택지를 골랐다는 듯이 밥 한 숟가락을 뜨고 국물을 섭취하자마자 절로 인상이 찡그려지는 성태였다.

저런 성태의 반응에 철수와 상남, 근성은 의아함을 표한다.

'저기, 이도훈 상병님.'

근성이 슬쩍 도훈에게 귓속말로 묻기 시작한다.

'오늘 밥, 잘 나온 거 아닙니까? 요 근래 들어서 이유식 상병님이 만든 것 중에 가장 맛있지 말입니다.'

'야, 이런 우둔한 이등병아. 그러니까 니가 아직 짬밥을 더 먹어봐야 정신을 차리는 거야.'

도훈이 숟가락으로 흰 쌀밥을 입에 넣으며 우물거린다.

확실히 오늘의 식단은 매우 양호한 편이다.

김치찌개와 탕수육, 김, 김치, 그리고 부식으로 콘 아이스크림까지.

특히나 튀김 종료이기도 한 탕수육이 나와 줬다는 시점부터 병사들은 환호성을 지를 수밖에 없는 가히 완벽한 식단 아니겠는가.

조미료를 많이 사용하는 이유식의 식단이 김치찌개와 어우러져 더더욱 빛을 발한다. 즉, 약간 더 짜게 가미되어 있다.

그러나 어쩔 수 없는 것이, 평소에도 땀을 많이 흘리는 작업을 도맡아 하는 군인들이기에 이런 식으로 보다 음식을 짜게 해 수분을 섭취하게끔 만든다.

당연히 바깥에서 맛있는 식단을 먹다가 군대 내에 들어와서 짬밥을 먹으면 숟가락을 내동댕이칠지도 모른다.

'유식이에게는 미안하지만, 너의 손맛이 군단장님을 사로잡을 수는 있어도 예비역의 불량한 마음까지는 사로잡지 못

하나 보다.'

그래도 이유식도 나름 연구를 많이 하며 오늘의 식단에 신경을 많이 썼을 것이 틀림이 없다. 취사병으로서 장인정신마저 느껴지는 녀석이니까 말이다.

하지만 그것과 이거는 별개.

"아, PX나 갈걸."

성태가 일찌감치 자리에서 일어서려 하자, 도훈이 승주를 향해 눈짓을 한다.

그러자 눈치가 빠른 승주가 곧장 자리에 일어서며 성태를 따라간다.

"PX 가시려는 겁니까? 선배님."

"그래, 이거 밥 더럽게 맛없다. 가서 라면이나 먹어야지."

"제가 같이 가겠습니다."

"임마, 넌 밥이나 더 먹어."

"저 다 먹었지 말입니다. 제가 PX 안내해 드리겠습니다."

"뭐… 알았다."

식당 안으로 들어오기 전에, 도훈은 사실 승주에게 특명 하나를 내렸다.

바로, 최대한 밥을 빨리 먹고 도중에 일어나려는 예비역 김성태를 따라 맨투맨으로 마크할 것.

동원훈련 중 가장 중요한 것은 바로 예비역의 행적을 파악하는 것이다.

멋대로 홀로 돌아다니게 놔두다간, 나중에 무슨 피를 볼지도 모른다.

게다가 상대는 이미 현역 2년 과정을 거친 베테랑!

예비역이라 하더라도 군인은 군인이다.

'저렇게 감시망을 붙여놓으면 제아무리 예비역이라 하더라도 쉽사리 어딜 싸돌아다니진 않겠지.'

나중에 승주에게 뭐 맛있는 거라도 사줘야겠다는 생각을 품은 도훈이 숟가락으로 국을 한 모금 입안에 넣는다.

"…조금 짜긴 하네."

PX에서 라면을 구입한 뒤.

오랜만에 포만감을 느끼며 휴식을 취하려는 성태였으나.

"지금부터 야간 방열훈련 한다고 합니다. 각 분과는 예비역 선배님들 잘 챙기고 사열대 앞으로 집합해 주시기 바랍니다."

"이런 X같은 군대를 봤나!"

마치 초창기, 도훈이 훈련병으로 돌아갔을 때 입에 버릇처럼 달고 다니던 바로 그 대사를 읊은 성태가 상반신을 벌떡이며 외친다.

"당직!"

"예, 선배님!"

후다닥.

단독군장을 찰랑이며 순식간에 성태 앞으로 도달한 당직

이었다.

"밤에 훈련을 하냐?"

"그게 훈련 스케줄이지 말입니다."

"예비군 훈련이 언제부터 이렇게 빡세진 거냐, 도대체."

칭얼칭얼거리던 성태가 건너편에서 똑같이 불만 어린 표정을 지어 보이고 있는 예비역을 바라본다.

"아저씨."

"네?"

"우리, 행보관님한테 한번 이야기해 볼까요?"

"이야기요?"

"아, 솔직히 야간에 무슨 훈련이에요. 가서 한번 말이나 해 보자고요. 아저씨도 야간에 훈련받기 싫죠?"

"그야 당연하죠."

"이런 건 그냥 가라로 할 것이지, 왜 다 FM으로 한데. 언제부터 군대가 FM만 고집했다고 참."

성태가 다른 예비역들을 이끌고 행정반으로 향하기 시작한다.

그 모습을 잠자코 보고 있던 도훈이 가볍게 한숨을 내쉰다.

'역시, 꼬장 하나는 예비역이 최고구만.'

말년병장 출신이자 전직 꼬장의 신이라 불리던 도훈도 혀를 내두를 정도다.

어차피 예비역은 간부들 앞에도 괜히 쫄리는 게 없다.

하지만 불행하게도.

이들은 상대를 잘못 골랐다.

'타협 상대를 행보관님으로 잡은 것부터가 실수입니다, 예비역 선배님들, 크큭.'

이윽고, 예비역들이 뭐 씹은 표정으로 생활관 안에 들어와 짜증을 내기 시작한다.

"아~! 군대 진짜 융통성 더럽게 없네."

"살다살다 저렇게 완고한 행보관은 또 처음 본다, 진짜."

예비역들이 제각각 행보관의 뒷담화를 까기 시작한다.

제1포대 행보관이 누구인가.

작업의 신이라 불리는 배불뚝이 행보관이며 동시에 말년 병장의 꼬장기도 단숨에 제압해 버리는 실력자다.

짬밥으로 따지자면 화석과에 들어갈까 말까 한 수준의 어마어마한 군 생활 경력을 자랑한다.

그런 행보관에게 감히 이제 막 2-3년차 예비역들이 덤벼서 승산이 있겠는가?

단언컨대 '전혀' 없을 것이다.

그걸 아주 잘 알고 있는 도훈이기에 얌전히 성태의 행정반으로 향하는 반란의 발걸음을 막아서지 않은 것이다.

'이것으로 우리 행보관님의 무서움을 알았겠지.'

제자리로 돌아와 기나긴 한숨을 내쉬며 전투복을 입기 시작하는 성태를 데리고 사열대 앞으로 집합하기 시작하는 인원들.

그러자 막사 앞에 통제관이 목소리를 높여 야간훈련 스케줄을 설명해 주기 시작한다.

"에… 20시까지 야간방열 훈련을 받고, 그 뒤로 각자 사격장에 올라가 야간사격을 실시합니다."

"사격까지 해요?!"

"아~ 진짜 왜 이렇게 빡빡한 거예요."

예비역들의 불만이 여기저기서 새어 나오지만, 통제관은 짐짓 못 들은 척 행동하며 스케줄 설명을 마치고 수송부에게 소리친다.

"포 2문만 꺼내와라!"

"예! 알겠습니다!"

부르르르릉!!!

귀가 울릴 정도로 어마어마한 소음을 내뱉으며 덜컹덜컹 움직이기 시작하는 5톤 트럭 뒤에 155㎜ 견인곡사포가 말 그대로 견인되어 온다.

연병장에 2문의 견인곡사포가 자리를 잡자, 평소 이들이 행하는 방열 훈련이 시작된다.

예비군들은 귀찮다는 듯이 왔다 갔다 하거나, 아니면 사격 기재를 여기 옮겼다가 저기 옮겼다가 하는 의미 없는 반복행동만 할 뿐이다.

그리고 그렇게 저녁 8시가 다 되어가는 시점.

"자자, 방열훈련은 이것으로 종료하고, 이제 야간사격훈련

들어갑니다. 각 분과 분대장은 예비역 선배님들 잘 챙기고 사격장으로 집합시킬 수 있도록."

"예! 알겠습니다!"

우렁차게 통제관의 목소리에 대답한 분대장들이 후임급들과 함께 부산스럽게 움직인다.

한편, 탄약고 초소 근무를 나가야 하는 철수와 상남은 이대로 단독군장 차림으로 행정반으로 향한다.

"아, 나도 차라리 근무 나가는 게 속 편하겠다."

도훈의 말에 철수가 고개를 끄덕이며 공감한다는 제스처를 보여준다.

"오늘 하루 종일 너를 보면서 느낀건데, 니가 이렇게까지 예의 바르게 군 생활 하는 건 처음 본다. 소름이 돋을 정도야."

"이렇게 하지 않으면 안 되니까. 가뜩이나 훈련받기 싫어하는 사람들인데, 여기서 괜히 밉상 보이면 말 안 들을 거 더 안 듣게 되잖냐."

"군대나 사회나 다 처세술이구나. 에휴."

"그러게 말이다."

아무리 군대 마스터, 이도훈이라 할지라도, 그에게도 엄연히 천적이 있다.

그중에 한 명이 행보관, 그리고 남은 존재가 바로 예비역 아니겠는가.

그래도 성태는 입으로는 불만이 많아도 아직까지는 여기

저기 훈련을 잘 따라다니고 있는 편이다.

쌍박히지 않는 것만으로도 다행이라고 생각해야 하니까 말이다.

본래 성태 정도의 지식과 눈치라면 쌍박힐 수 있을 정도의 여유는 충분히 지니고 있다.

그러나, 도훈의 기질 덕분에 그러지도 못하고 있는 것이다.

'저 분대장이 일부러 맨투맨으로 붙어 있게끔 만든 건가?'

성태가 슬슬 도훈의 뜻을 눈치채기 시작했지만, 이미 늦었다.

식당 안에서 승주를 시켜 PX까지 따라가게 만든 순간부터 눈치를 챘어야 했다.

'예비역을 다룰 줄 아는 놈이구만. 계급이나 짬밥으로 봐서는 현역으로서 동원훈련을 받는 게 처음인 줄 알았는데!'

그러나 도훈은 이미 동원훈련만 3번째 받는 거다.

이미 3번의 예비역 경험을 했기에 예비역들이 어떤 심정인지, 그리고 어떤 행동 패턴을 보이는지 충분히 숙지하고 있기에 성태의 꼬장을 완벽하게 방어할 수 있었던 것이다.

그러나.

예비군 훈련은 1박 2일이 아니다.

2박 3일.

아직 하루가 더 남아 있다.

타— 앙!

탕탕!!

탕탕탕!!

대충 아무 곳이나 마구잡이로 총알을 갈긴 뒤, 다시 생활관으로 복귀한 예비역들은 미리 현역들이 준비를 해둔 온수샤워로 깔끔하게 하루를 마무리한다.

슬슬 가을이 되어가는 시점인지라 밤에는 제법 쌀쌀하다.

성태는 밤에 자주 도서관을 왔다 갔다 했기에 이 쌀쌀함을 알고 있던 터라 미리 긴 팔과 긴 바지를 챙겨왔다.

'공부도 이 정도로 준비가 철저하면 좋을 텐데… 쩝.'

계속 공무원 공부에 도전하지만, 좀처럼 점수가 나오지 않는다.

나이를 더 먹기 전에 취직을 하는 것도 방법일 수는 있지만, 왠지 성태는 이번만, 이번 한 번만 하는 심정으로 계속 공부를 하게 된다.

하지만 집중도 안 되고, 그 때문에 점수도 안 나온다.

이런 복잡한 심경을 달래기 위해서는, 당분간 공부와 떨어진 생활을 하는 것도 좋다.

하지만 그렇다고 예비군 훈련을 받는 건 안 좋다.

'차라리 도서관에서 영어단어나 보는 게 속 편할 텐데.'

온수샤워를 마치고 나서 생활관으로 복귀한 성태에게 도훈이 슬쩍 말을 건다.

"역시 선배님. 준비성이 좋으십니다."

"뭐가 역시냐, 그냥 날씨가 추워서 옷가지 가져온 것뿐이야."

"그래도 선배님, 이번 훈련 때 다른 예비역 선배님들에 비해 훈련 잘 받으시는데 말입니다."

"그렇게 보이냐?"

"예."

사실 그렇게 하게끔 만든 게 바로 이도훈이다.

천연덕스러운 것인지, 아니면 일부러 모른 척 시치미를 떼면서 연기를 하고 있는 것인지, 성태로서는 도훈의 의중을 파악하기 힘들었다.

현역 주제에 예비역을 마음대로 들었다 놨다 하는 놈이라니.

세상에, 듣도 보도 못한 놈과 예비군 훈련을 받게 되었다는 생각을 가지게 된 성태였다.

절대로 만만하게 봐서는 안 될 사병, 이도훈.

성태는 그 사실을 눈치채고 도훈을 절대로 얕잡아 봐선 안 된다는 생각을 품게 된다.

가급적이면 이도훈의 감시망을 피해야 한다!

하지만 불행하게도…….

"선배님, 오늘은 저와 탄약고 근무 서시지 말입니다."

"뭐?!"

성태가 놀란 표정을 하면서 되묻는다.

"탄약고 근무라고?"

"예, 그렇습니다."

성태가 놀란 것은 2가지다.

우선 피하려고 했던 도훈의 감시망이 졸지에 밀착 감시망으로 좁혀 들어오게 되었다는 점.

그리고 다른 하나는, 설마 야간 근무까지 세운다는 점이었다.

'이 씨발 놈의 군대를 봤나?!'

현역 때 느꼈던 바로 그 느낌, 그 기분, 그 감정을 회상시켜주는 예비군 훈련에 성태는 절로 욕지거리를 내뱉을 수밖에 없었다.

"야, 외곽근무는 그냥 가라로 하면 안 되냐?"

"행보관님이 안 된다고 하시는데 말입니다."

"……"

제1포대 행보관 이야기가 튀어나오자마자 성태의 불만이 쏘옥 들어간다.

아무리 이들이 간부가 두렵지 않다 해도, 그건 어디까지나 상한선이 존재한다.

게다가 괜히 간부와 트러블을 일으키면, 안 좋은 것은 예비역들이다.

강제로 퇴출을 시켜 버리면, 또다시 이 지긋지긋한 예비역 동원훈련을 또 받아야 하니까 말이다.

"아, 진짜 돌아버리겠네!"

더벅머리를 마구 할퀴듯이 긁는 성태가 반 포기상태로 말한다.

"…알았다. 몇 신데."

"근무 시간은 1시부터입니다."

"이런 씨발, 하필이면 제일 애매한 중간 타임이냐."

걸려도 꼭 근무시간이 X같은 포지션에 걸렸다는 생각에 성태는 기나긴 한숨을 내쉬며 자리에 그대로 드러눕는다.

'뭐… 내 인생이 그렇지.'

몇 년째 도전해도 붙을 기미가 안 보이는 공무원 시험.

될 놈만 되는 더러운 세상 아니겠는가.

안 될 놈은 뒤로 넘어져도 코가 깨지는 법이다.

성태는 자신은 역시 안 될 놈이라는 사실을 깨달으며 푹신함이 사라진 매트리스 위에 몸을 누인다.

새벽 12시 55분.

"선배님, 근무 나가실 시간입니다."

저승사자의 목소리처럼 들려오는 도훈의 말에 성태는 눈을 비비적거리며 상반신을 일으킨다.

현재시각, 12시 56분.

"최악의 기상이구만……."

올해 들어서 가장 기분 나쁘게 잠자리에서 깬 순간이라는 사실을 기억하며 성태가 천천히 군복을 입기 시작한다.

그래도 역시 예비역인지라 환복하는 속도가 느리진 않다.

한편, 도훈과 같이 근무를 서게 된 후임 근무자, 상남이 허겁지겁 행정반에서 자석판을 옮겨놓음과 동시에 총기현황판을 체크하는 중이다.

행정반에 들어선 도훈이 그런 상남을 보더니 잊지 말라는 식으로 말한다.

"예비역 선배님 거 총기현황도 고치는 거 잊지 마라."

"알겠습니다! 형님… 이 아니라, 이도훈 상병님!"

개머리판으로 뒤통수를 확 갈겨 버릴까 잠시 고민하던 도훈이었지만, 만약 그런 광경을 예비역이 보기라도 한다면 말이 많아질 수 있기 때문에 필사적으로 참는다.

한편, 아직도 잠이 덜 깬 표정으로 행정반에 들어선 성태.

끈 없는 방탄모를 대충 걸친 채 당직의 인솔하에 탄약고 초소를 향해 걸어간다.

"어으… 왜 이렇게 춥냐."

안으로 들어오자마자 자연스럽게 총부터 내려놓은 성태가 이윽고 방탄모를 벗으며 그것을 깔개 삼아 탄약고 아래에 앉는다.

그 모습을 가만히 보고 있던 이도훈.

그러자 성태가 눈을 흘기며 말한다.

"설마 나보고 1시간 동안 FM 근무까지 서라고 말하진 않겠지?"

"서고 싶으시면 말리지 않겠습니다만."

"얌마, 농담도 못하냐."

역시 이도훈이라고 할까.

예비역의 기분을 들었다 났다 하는 말솜씨가 예사롭지가 않다.

상남이 존경스럽다는 눈빛으로 도훈을 바라보지만, 이도훈에게 있어서는 이건 지극히 당연한 일이다.

'예비역을 많이 만나봤으니까.'

그렇게까지 많은 편은 아니지만, 그래도 이 부대 내에서 행보관과 포대장을 제외하고는 가장 많이 만나본 사람일 것이다.

그렇게 할 일 없이 1시간 동안 멀뚱멀뚱 서 있어야 하는 게 이들의 임무.

한숨을 쉬던 성태가 심심해졌는지 상남을 가리키며 말한다.

"어이, 후배."

"이병 이상남!"

"덩치가 장난이 아닌데, 바깥에서 뭐하다 왔냐?"

"그게……."

"짜식, 그 덩치로 여자 좀 후리고 다녔겠는데? 아니면 아줌마들? 크크큭."

성태가 상남의 다리를 손가락으로 쿡쿡 찌르며 괴롭히기 시작하자, 상남이 어색하게 웃으면서 말한다.

"조폭… 하다 왔습니다!"

"……."

순간 모든 움직임이 정지한 성태였다.

거짓말하는 거 아니냐는 식으로 도훈을 바라보지만, 도훈은 침묵으로 일관하며 상남의 말이 거짓이 아님을 입증한다.

"하, 하하… 조, 조폭분이십니까……?"

갑자기 저자세로 나오기 시작한 성태가 방금 전에 저지른 행동에 맹렬한 후회를 느낀다.

'씨발, 역시 난 뭘 해도 안 되는 놈인가?!'

성태의 갑작스러운 태도 변화에 상남이 호쾌하게 웃는다.

"에이, 너무 그렇게 겁먹지 않으셔도 됩니다, 선배님. 지금은 그저 이등병일 뿐입니다! 하하하!"

"그, 그… 래?"

"예, 걱정하지 마시기 바랍니다."

믿어도 되냐는 식으로 또 한 번 도훈을 바라보는 성태.

그러자 도훈이 이번에는 살짝 고개를 끄덕여준다.

첫인상이 더러울 뿐이지, 사실 상남도 알고 보면 마음이 여린(?) 남자다.

"어, 어흠! 그, 그렇다면야 뭐……."

다시 헛기침을 하며 예비역의 위엄을 되찾으려고 시도하는 성태였으나, 이미 상황은 많이 늦었다.

"하아, 진짜 난 뭘 해도 안 될 놈인가 보다."

"너무 자책하지 마시기 바랍니다, 선배님. 노력하면 안 될 게 뭐가 있겠습니까?"

도훈이 응원 겸 말을 걸어보지만, 성태는 그저 고개를 저을 뿐이다.

"되긴 뭐가 돼. 죽도록… 까지는 모르겠지만, 그래도 내 친구들이 하나둘씩 좋은 직장에 취업하거나 시험에 붙는 모습을 보면 난 뭐하고 있는지 모르겠다."

탄약고 초소 바닥에 떨어져 있는 지푸라기 하나를 들어 올린 성태가 손장난을 친다.

"차라리 군대에서 말뚝을 박을 걸 그랬나. 나도 현역이었을 때는 진짜 잘나가던 놈이었는데."

"……."

"우수한 분대장에, 간부들에게도 인정받는 병사였지. 내 인생에서 유일했어. 누군가가 내 가치를 인정해 주고, 그리고 나를 원하고, 나를 필요로 하는 장소가 있다는 것을. 내가 없으면 분과가 안 돌아가고, 부대가 안 돌아가니까."

"그렇습니까."

"남들은 군대가 좆같다고 했지만, 사실 나에게 있어서는 마지막 기회였을지도 몰라. 어쩌면 군인이 천성에 맞았을지도 모르지."

뒤늦은 후회를 해보지만, 이제 와서 간부 지원을 한다고 말해봤자 부모님의 원성을 듣는 일밖에 없다.

게다가 지금까지 해온 공무원 공부 기간도 아깝지 않은가.

"이제 뭐하면서 먹고 살아야 될지도 모르겠다."

현실적인 고민.

대한민국 군인들이라면, 그리고 곧 전역을 앞두고 있는 자들이라며 늘상 하는 고민이다.

소중한 20대의 청춘을 2년이나 날려먹었는데, 과연 이들이 바깥에 나가서 할 수 있는 것은 무엇일까.

집안이 빵빵해 병역의 의무에서 마음껏 빠질 수 있는 것도 아니다.

그렇다고 2년을 현역으로 복무해 봤자 사회가 주는 건 아무것도 없다.

그저 2년이라는 시간 낭비와 더불어 인맥 초기화, 지식 리셋뿐.

그럴수록 사람들은 군대에 대한 인상을 좋지 않게 바라보기 시작한다.

하지만.

"군대는 절대로 잊지 못할 추억을 만들어줬지."

영원히 기억될 군 생활.

성태는 아직도 그 군 생활을 생생하게 기억한다.

함께 울고 웃던 전우들과의 2년.

그것은 악몽이 아닌, 추억이었으니까.

"말이 길어졌구만."

괜시리 쑥스러워진 성태가 더벅머리를 긁적여 보인다.

그러나 도훈은 오히려 아니라는 듯이 성태를 응원한다.

"저 역시도 선배님과 똑같은 고민을 하고 있습니다."

"무슨 고민?"

"바깥에 나가서 뭐해 먹고 살지 말입니다."

"얌마, 그런 건 병장 달고 나서나 해라. 크큭."

"하하! 알겠습니다!"

도훈의 농담에 초소 분위기가 어느 정도 풀리는 듯하다.

그렇게 좁은 공간에서 2명의 현역과 1명의 예비역은 서로 군대라는 하나의 요소를 두고 공감대를 형성하며 시간을 보내기 시작한다.

하지만.

그렇다고 예비역의 짱박히기 본능이 사그라진 건 아니다.

"어디 보자… 여기가 적당하려나."

수송부로 몰래 침투한 성태가 PX에서 몰래 빼온 과자 한 봉지와 음료수, 그리고 담배를 깐다.

"여기라면 그놈들도 못 찾겠지?"

5톤 트럭 사이에 위치한 좁은 공간이긴 하지만, 사람들의 눈에는 잘 안 띄기로 소문난 곳이다.

이미 전방포대 출신이자 더불어 수송부 출신이기도 한 성태이기에, 자신만의 비밀 공간 정도는 충분히 숙지하고 있었기 때문이다.

"크으~ 역시 탄산이 최고지!"

과자를 한입 가득 베어 물고 마무미로 콜라를 마시자, 온몸이 부르르 떨릴 정도였다.

군대에 들어오면 왜 이리도 탄산이 마시고 싶어지는 것인지, 성태는 알 수가 없었다.

"…음?"

한창 과자를 섭취 중이던 성태가 뭔가 묘한 이질감을 느낀다.

'이상한데?'

5톤 트럭 사이에 위치한 탓에 시야는 극히 좁다.

그런데도 불구하고 뭐랄까. 전반적으로 이상한 위화감이 계속 성태의 전신을 휘감는다.

바로 그때!

"선배님! 여기 계셨습니까!"

"으악?!"

승주가 용케도 성태를 찾아낸 것이다.

아니, 찾아냈다기보다는…….

"어, 어떻게 알고 있었냐?!"

"이도훈 상병이 여기 가면 계실 거라고 말했습니다."

"또 이도훈이냐!!!"

어제 탄약고 초소 근무를 서면서 나름 친해졌으니 이제 짱

박히는 것 정도는 좀 봐줄 거라 생각한 성태였지만, 그 생각
은 너무나도 안이한 것이었음을 깨닫게 된다.

이도훈은 군대 마스터.

이런 류의 짱박힘을 가만히 보고 넘어갈 이유가 없다.

"야, 그것보다 잠깐! 일단 가긴 가겠는데, 저 차가 좀 이상
하지 않냐?"

"5톤 트럭 말씀하시는 겁니까?"

"그래, 오른쪽 거. 수송부 오늘 정비 제대로 한 거 맞냐?"

"핑계 대시는 거 아닙니까?"

"아따, 이놈 봐라. 핑계 아니라니까! 진짜라고!"

"상남아, 근성아! 여기 선배님 좀 모셔가라!"

"예! 강승주 일병님!"

"자, 선배님. 얌전히 저희와 같이 가시면 됩니다."

"이거 놔라—!!!"

두 덩치 녀석들에게 연행(?)당하는 성태가 고래고래 소리
를 지르지만, 이들은 그저 성태가 단순히 예비역 꼬장을 부리
고 있다는 사실만 인지할 뿐이었다.

오전부터 하루 종일 훈련에 훈련의 연속.

이렇게 피곤한 예비역 훈련의 일정이 또 있나 싶을 정도로
엄청 빡센 훈련이다.

"최근에 북한 도발 때문에 그런 거니 이해해 주시 바랍니다."

도훈이 이야기를 꺼내지만, 성태는 혀를 차며 대답한다.

"머리로는 이해하지만, 몸으로는 이해가 안 된다."

몸이 힘들면 말짱 꽝 아니겠는가.

덜컹거리는 포차를 타면서 연신 투덜거리는 성태가 뒤에 따라오는 차량을 바라본다.

연병장을 뱅글뱅글 돌다가 중간에 탄약고 초소 쪽으로 올라가는 오르막길 코스에 접어든다.

'저거… 아까 내가 봤던 그 차인가?

차량 번호는 제대로 확인을 못했기 때문에 확신은 못한다.

그러나…….

"이상해, 역시 뭔가가…….."

그렇게 생각을 품던 순간!

"어어… 어?!"

갑자기 오르막길에 접어들던 차량이 우측으로 기울기 시작하는 게 아닌가!

5톤 트럭이 한쪽으로 점점 쏠리면서, 뒤에 타고 있던 병사들이 순간 기울어진 쪽으로 우르르 무게중심을 잃는다.

"씨발!! 멈춰!!! 멈추라고, 개새끼야!!!"

성태의 외침과 함께 도훈이 방탄모를 벗어 던지며 일어선다.

'셀프 포스!!'

그리고 도훈이 기울어지기 시작하는 5톤 트럭을 향해 득달 같이 쇄도한다!

오르막길 코스는 오른쪽으로 약간 기울어져 있는 언덕의 형태를 취하고 있다.

그런 와중에 하필이면 오른쪽 타이어가 펑크가 나버린 것이다.

게다가 5톤이라는 엄청난 무게와 중압감에 순식간에 차량이 오른쪽으로 치우치기 시작할 무렵이었다.

'이런 젠장!!'

빠르게 셀프 포스를 발동시키며 순식간에 차량에서 뛰쳐 내려간 도훈이 득달같이 달려들어 양손으로 뒤쪽 5톤 차량의 오른쪽을 받쳐 든다!

"으윽!!!"

바득바득 이를 갈며 간신히 차량의 무게감을 지탱하기 시작하는 도훈.

그러나 아무리 셀프 포스를 발동했다 하더라도, 인간의 순수한 힘으로 5톤의 무게를 버티기란 여간 쉬운 게 아니다.

"이, 이도훈 상병님!!"

차량에 탄 채 그대로 무게중심을 잃으며 바닥을 구르던 병사들이 도훈의 존재를 알아차린다.

그러나 도훈은 반길 새도 없이 고래고래 소리친다.

"씨발, 빨리 다 내려가!! 오래 못 버틴다!"

"예, 예! 알겠습니다!!"

"운전병!! 빨리 시동 꺼!!"

앞에 가던 차량에 탑승 중인 병사들도 하나둘씩 내리면서 도훈을 도와주기 위해 달려든다.

그러나 도훈이 중간에 소리를 친다.

"오지 마시기 바랍니다! 언제 차가 기울지 모릅니다!"

"하, 하지만 너는 어쩌고!"

"제 몸은 제가 챙길 수 있으니까 괜히 이쪽으로 와서 차에 깔리는 것보다 멀찌감치 떨어지는 게… 젠장!!"

병사들이 후다닥 포차에서 내리기 위해 시도하지만, 그 찰나의 순간이 도훈에게는 지옥처럼 다가오기 시작한다.

"빌어먹을……!"

있는 힘을 다해 버티는 도훈.

차원관리자들에게 도움을 요청하고 싶은 기분은 굴뚝같지만, 이미 도훈이 셀프 포스를 쓰면서 차를 지탱하는 순간부터 인과율은 사정없이 증가하기 시작했을 것이다.

여기서 차원관리자의 존재까지 곁들여진다면, 완전히 인과율 수치 오버.

더 이상 인과율 수치를 늘릴 수는 없다.

최소한의 인과율 수치를 유지하기 위해서는…….

하다못해 자신의 힘으로 극복해야 한다.

"으랴아아아아아!!!"

기합을 넣으며 한 번 더 힘을 불어넣어 보지만.

'역시 무리인가……!'

점점 차량이 자신 쪽으로 기울어짐을 느낀다.

빠져나가고 싶지만, 그렇게 되면 위에 타고 있는 녀석들이 위험해질 수도 있다.

'씨발… 내가 언제부터 이런 정의의 사도 놀이를 시작했는지 원…….'

그래도 결코 이 자리를 떠나고 싶지 않다.

자신의 부대원들이 차량에서 다 내리기 전까지.

바로 그때였다.

"이 새끼야, 어제 보여준 그 패기, 어디 갔냐!!"

"서, 선배님?!"

도훈의 옆으로 다가와 같이 차량을 받들기 시작한 성태가 목소리를 높인다.

"왜! 내가 와서 꼽냐!"

"여긴 위험합니다, 선배님! 괜히 있다가……."

"입 다물고 잘 들어라, 후배 새끼야! 난 말이다! 되도 않는 공무원 공부에만 매달리는 무능력한 놈이다, 하지만 말이다…….."

성태가 있는 힘껏 팔에 힘을 주며 외친다.

"하다못해 '쓸모없는 놈' 은 되고 싶진 않단 말이다!!!"

적어도 자신은 누군가에게 필요한 존재가 되고 싶다.

군대에 있을 때, 성태는 누구보다도 필요한 존재였다.

물론 지금은 다르다.

하지만, 군대 내에서의 성태는 현역이든 예비역이든 누군가에게 적어도 쓸모없는 놈은 아니었으니까!

"이도훈 상병님, 저희도 돕겠습니다!"

상남과 근성, 두 덩치가 나란히 도훈의 오른쪽과 왼쪽을 지탱해 주기 시작한다.

둘을 필두로 나머지 병력들도 보고만 있는 게 아니라 도훈을 도와 기울어지는 5톤 트럭을 온몸으로 받쳐주기 위해 달려든다.

"너희들……!"

셀프 포스라는 이능력도 없으면서, 목숨을 걸고 달려든 병사들.

오로지 전우를 위해서 자발적으로 나서는 모습에 도훈은 코끝이 찡해질 수밖에 없었다.

죽을 수도 있다.

누군가를 위해 자신의 목숨을 건다는 건 결코 쉽지 않은 일이다.

하지만 군대 내에서는 그게 가능해진다.

행여나 전쟁이 난다 해도, 전우애라는 감정 하나만으로도 이들은 충분히 강해질 수 있으니까!

"씨발, 이까짓 거, 들어올린다! 알겠냐, 후배 새끼들아!"

"예! 선배님!"

"하나둘셋 하면 그대로 젖 먹던 힘까지 준다! 하나, 둘!"

"셋!!!"

성태의 지도하에 모두가 손을 내뻗는다.

그러자, 방금 전까지 그렇게 무겁게 느껴지던 5톤 트럭이 깃털처럼 가볍게 다가오기 시작한다.

기울어지던 5톤 트럭이 '파앙!' 소리를 내며 중심을 찾기 시작한 것이다.

알 수 없는 사운드는 금세 반대편에 위치한 병사에 의해 밝혀지게 되었다.

"외, 왼쪽 타이어에도 펑크가……?"

원인 불명의 펑크 탓에 차량이 다시 무게중심을 찾으면서 기울기가 금세 사라진다.

이윽고 전원 하차 완료.

한동안 거친 호흡을 내쉬던 성태가 갑자기 난데없이 웃음을 토해낸다.

"하하하!! 봐라, 할 수 있잖아!!"

그와 동시에 모두가 한목소리로 성태를 연호한다.

"역시 김성태 선배님!"

"감사합니다!!"

성태는 또다시 자신을 필요로 하는 장소가 주는 기운을 느낀다.

지금까지 자신의 인생에서조차 주인공이 되지 못한 기분이었지만, 성태는 오늘을 계기로 깨닫게 되었다.

자신은 결코 쓸모없는 사람이 아니라는 사실을.

도훈과 성태는 포대장으로부터 칭찬… 이 아닌 혼을 받아야 했다.

"도대체 뭐하는 짓이냐!!"

포대장이 좀처럼 보기 드물게 극도로 화를 내기 시작한 것은 다름이 아니라 이들의 무모한 짓 때문이었다.

"아무리 예비역이라 해도 정도가 있습니다. 차 밑에 깔리면 어쩌려고 했습니까!"

"…죄송합니다!"

"목숨을 잃고 나서 죄송하다 사과하고 싶어도 못하는 거 아시지 않습니까!"

예비역 주제에 포대장에게 현역마냥 진탕 혼나는 성태.

그러나 옆에 나란히 서 있는 도훈이 가볍게 미소를 지어 보이자, 성태 역시도 도훈에게 싱긋 웃어 보인다.

두 사람의 모습을 보던 포대장이 어이가 없다는 눈으로 목청을 높인다.

"군기교육대 가고 싶습니까!"

"아, 아닙니다!!"

하지만 역시 포대장은 포대장이었다.

잔뜩 혼나긴 했지만, 성태는 알 수 없는 상쾌함을 느낀다.

분명 목숨이 위험한 순간이었다.

하지만 뭐랄까.

"다시 태어난 기분이구만."

해가 저무는 시간에 성태는 트레이닝복으로 갈아입은 채 길게 담배 연기를 문다.

지나가던 병사들을 포함해 같이 훈련을 나온 예비역들도 성태의 오늘 보여준 모습에 입이 마르도록 칭찬을 한다.

사람은 사소할 수도 있지만, 계기만 있으면 언제든지 변화할 수 있는 생물이다.

그리고 그 계기를 마련해 준 것은 도훈.

아니……

결과적으로는 도훈이 아닐 수도 있다.

"오냐, 오냐. 오늘은 맛있는 거다."

튀김가루를 바닥에 놓자, 고양이가 이제는 도훈의 손길이 익숙하듯 얌전히 다가와 먹기 시작한다.

하루 일과가 되다시피 한 짬타이거에게 먹이 주기 일과가 끝나자, 도훈은 저녁에 수송부로 올라간다.

양쪽이 다 펑크가 난 수송부 5톤 차량.

정비가 제대로 안 된 탓에 사고가 난 것이 가장 큰 요인이다. 그래서 수송부 최고참인 이대팔은 성태와 도훈이 혼났던 양의 정확히 5배 이상 포대장에게 혼이 나고 말았다.

하지만 도훈에게 있어서는 그게 중요한 것이 아니다.

"앨리스."

도훈의 한마디에 사라락 소리를 내며 등장한 앨리스가 평소와 같이 밝고 쾌활한 목소리를 유지하며 말한다.

"나 보고 싶어서 불렀어?"

"어떤 의미로 보고 싶긴 했지."

"우와! 웬일이야? 니가."

호들갑을 떨며 기뻐하는 앨리스에게 도훈이 낮은 목소리로, 그리고 약간은 숫기 없는 목소리로 말한다.

"…고맙다."

"응? 뭐가?"

"타이어 펑크 내준 거."

"……."

사고가 발생한 원인은 오른쪽 타이어가 펑크가 났기 때문이다.

하지만 그렇다고 멀쩡하던 왼쪽 타이어가 펑크가 날 이유는 전혀 없었다.

인간의 힘으로 5톤 트럭 포차의 타이어에 순식간에 펑크를 낼 만한 힘을 가진 자를 찾아보긴 힘들다.

그렇다면 답은 하나.

"또 너에게 도움을 받고 말았구나."

"…사실은 그다지 눈치채주지 말았으면 했는데."

"너무 티가 나잖냐."

차원관리자, 앨리스밖에 없다.

인과율 수치가 어긋남을 감수하고 자신을 무조건적으로 도와줄 만한 녀석은 이 녀석이 전부니까 말이다.

"다이나는 뭐라든?"

"덕분에 엄청 혼났어."

"하긴, 내가 겪은 일인데 다이나가 모를 리가 없지."

앨리스가 한 짓은 다이나 정도라면 금방 간파할 수 있었을 것이다.

하지만 앨리스의 잔소리와 다른 병사들의 목숨을 양팔저울에 놓고 견주어 본다면 앨리스의 이런 꾸중 받은 일은 숭고한 희생이라 말할 수 있을 정도였다.

"계속 너에게 도움만 받네."

"갑자기 왜 그래, 쑥스럽게."

"아니, 그냥."

솔직히 오늘 일은 정말 위험했다.

도훈의 목숨이 왔다 갔다 하는 실제 사고였으니까.

저번에 유리아를 감싸고 산등성이에 떨어질 때도 그렇고, 오늘도 그렇고.

언제나 앨리스는 도훈을 구해준다.

비록, 도훈을 다른 차원으로 날려 버린 실수를 저지른 범인이 앨리스라 해도 말이다.

"난 왠지 너를 좀 더 믿어도 된다는 생각이 들더라."

그렇게 말하며 도훈은 말없이 막사를 향해 내려간다.

동원훈련 마지막 일.

퇴소 신고와 더불어 성태를 포함한 예비역 7명은 각자 속했던 분과로 찾아가 마지막 작별 인사를 나눈다.

나름 정이 들었는지, 현역들에게 맛있는 거 사먹으라며 차비로 받은 현금을 주는 예비역도 더러 보인다.

한편, 하나포 인원들 앞에 마주선 성태가 빙그레 웃으며 도훈에게 악수를 청한다.

"이도훈."

"예, 선배님!"

"네 덕분에 내가 뭘 해야 할지 알게 되었다."

강하게 도훈의 손을 마주잡은 성태의 눈빛은.

더 이상 무의미한 삶을 보내던 사람의 눈이 아니었다.

이채를 띤 그의 눈동자에는 또 다른 인생길을 찾은 사람만이 가지는 생기가 나돌고 있었다.

"무엇을 하실 예정이십니까?"

"뻔하잖냐."

당연한 질문을 묻냐는 듯이 대답하는 성태가 위병소를 향해 걸어가며 외친다.

"내가 필요로 하는 장소로 돌아갈 거다."

누군가가 자신을 필요로 한다.

그것만큼 기쁜 일이 어디 있을까.

성태의 마지막 작별인사를 듣던 철수가 도훈의 옆구리를 찌르며 묻는다.

"야, 저 말, 무슨 뜻이냐?"

"모르고 있었냐?"

"내가 알 리가 없지. 난 저 사람이랑 예전부터 별로 마주친 적도, 이야기한 적도 없는데."

그러고 보니 철수는 동원훈련 내내 성태랑 잘 만난 적도 없다.

하기야.

생각을 해보면, 도훈이 성태를 맨투맨으로 마크하다시피 했으니까.

"어쩌면 난 죄 많은 남자일지 모르겠다."

"그건 또 무슨 소리냐."

철수가 도훈의 말에 이해 못하겠다는 표정으로 바라보자, 도훈은 그저 고개를 절레절레 흔들 뿐이다.

"나도 내가 무슨 소리를 하는지 확신할 수가 없다, 임마."

과연 잘한 짓인지, 아닌지.

누군가의 인생에 막대한 영향을 미친다는 건 기분 좋은 일일수도 있지만, 동시에 부담감이 느껴질 수도 있다.

그러나 뒤에 서 있던 우매한이 도훈의 어깨를 툭툭 두드린다.

"걱정하지 마라. 난 오히려 다행이라고 생각하니까."

"언제부터 계셨습니까? 하나포 반장님."

"방금 전에. 그것보다 저 예비역 선배님… 아니지."

도훈과 철수를 번갈아 보다가, 점점 멀어지는 예비역 무리 중 유독 발걸음이 가벼워 보이는 성태를 향해 우매한이 보기 드물게 아주 살짝 웃음을 지어 보이며 중얼거린다.

"이제부터 새로운 후임이라고 불러야 하나."

간부 지원.

아마 성태는 이번 동원훈련을 계기로, 자신을 필요로 하는 장소가 바로 군대임을 깨달았을 것이다.

그리고 여기 이 자리에.

또 한 명의 현역 군인이 예전부터 줄곧 결심을 굳힌 계획을 실행에 옮기기로 한다.

"하나포 반장님."

도훈의 부름에 우매한이 천천히 시선을 마주한다.

"상담하고 싶은 게 있습니다."

"…그래."

우매한도 뭔가를 깨달았다는 듯이 고개를 끄덕인다.

더 이상 미룰 수 없다.

이도훈이 정말로 원한다면.

그를 필요로 하는 장소가 있다면.

당연히 그 대답에 응해줘야 한다.

에필로그

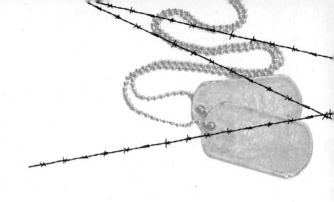

　국방부의 시계는 거꾸로 달아놓아도 돌아가는 법이다.

　시간이 흘러 어느새 병장이라는 계급을 달게 된 철수는 자신의 군복 어깨부근에 달려 있는 초록색 견장을 떼어낸다.

　그러고서 상병이 된 승주에게 건네주며 말한다.

　"분대장 신고식도 무사히 마쳤으니까, 이제 네 차례다."

　"감사합니다, 김철수 병장님."

　"아무튼 그 이도훈 녀석 때문에 팔자에도 없던 분대장 달고 군 생활 하느라 고생이었지. 어휴."

　본래대로라면 이도훈이 분대장을 달았어야 했지만, 지금 그는 자대에 없다.

덕분에 철수가 그동안 견장을 달고 하나포를 이끌어왔다.

신병 시절에는 이도훈과 비교당하며 여러모로 자신감이 많이 떨어졌던 철수지만, 분대장으로서의 사명감과 이도훈이라는 동기의 행보를 떠올리며 분대장으로서 잘 버텨왔다.

그동안 상남과 근성이도 이등병으로서의 티를 확 벗은 어엿한 일병이 되었고, 신병들도 몇몇 들어왔다.

분대장으로서 고생했던 나날도 오늘이 바로 마지막.

"듣자 하니… 오늘 오신다고 합니다."

"그 녀석?"

"예."

"흐음."

철수가 미묘하게 표정을 지어 보인다.

이제 오면 도대체 어떤 반응을 보여줘야 하나.

한창 그 고민을 품고 있을 무렵.

"김철수 병장님!!"

막사 위로 뛰쳐 올라온 근성이 다급하게 외친다.

"그분이 오셨습니다!'

"기어코 왔구만."

철수가 마룻바닥에서 일어서며 오랜만에 입가에 절로 지어지는 미소를 그려본다.

"그럼 그 녀석 면상 좀 구경하러 가볼까."

덜컹거리는 레토나 안.

선탑자 자리에 탑승 중이던 중사, 우매한이 뒷좌석에 앉아 있는 인물에게 넌지시 말한다.

"어떤가. 오랜만에 오는 전방포대가."

"변함없지 말입니다."

"철수 녀석이 벼르고 있더라. 너 언제 오냐고."

"하하."

위병소를 통과하고 연병장에 주차하자, 기다렸다는 듯이 막사 바깥에서 레토나를 환대하는 포대장과 행보관, 그리고 제1포대 병력들.

그중, 철수가 기운차게 외친다.

"꼴도 보기 싫은 놈이 왔구만!"

"어허, 김철수. 감히 어디서 반말이냐."

레토나에서 내린 인물이 포대장과 행보관을 올려다본다.

그리고 그동안 보고 싶었던 제1포대 병력들과 더불어 전방 포대의 전경을 훑어보기 시작한다.

보고 싶었던 자대.

그리고.

앞으로 이곳에서 시작될 새로운 인생.

"태풍!"

거수경례를 하며 목소리를 높인 한 남자의 또 다른 신고식
이 전방포대에 널리 퍼진다.

"하사 이도훈, 금일부로 123대대 제1포대 복귀를 명받았습
니다! 이에 신고합니다!"

『말년병장, 이등병 되다!』 완결

HERO2300

FUSION FANTASTIC STORY

영웅2300

말리브 장편 소설

「도시의 주인」 말리브 작가의
특급 영웅이 온다!

『영웅2300』

돈 없는 찌질한 인생 이오열,
잠재 능력 테스트에서 높은 레벨을 받았지만

"젠장, 망했어! 되는 일이 하나도 없어!"

하필이면 최악의 망캐 연금술사가 될 줄이야!

그러나 포기란 없다.

최악에서 최고가 되기 위한
오열의 이야기가 시작된다!

Book Publishing CHUNGEORAM

현대백수 장편 소설

간웅

FUSION FANTASTIC STORY

뇌성벽력이 치는 어느 날!
고려 황제의 강인번을 들고 있던
어린 병사가 낙뢰를 맞고 쓰러졌다.

하지만… 다시 눈을 뜬 이는
현대 대한민국에서 쓸쓸히 죽은
드라마 작가 지망생.

고려 무신 시대의 격변기 속에서 눈을 뜬 회생[回生].
살아남기 위해! 죽지 않기 위해!
그의 행보로 인해 고려는 서서히
변하기 시작하는데…….

치세능신 난세간웅(治世能臣 亂世奸雄)!

격동의 무신 시대!
회생, 간웅의 길을 걷다!

Book Publishing CHUNGEORAM

내일을
향해 쏴라

김형석 장편 소설

FUSION FANTASTIC STORY

1만 시간의 법칙!
'성공은 1만 시간의 노력이 만든다' 는 뜻이다.

그러나…
사회복지학과 복학생 수.
전공 실습으로 나간 호스피스 병동에서
미지와 조우하다.

1만 시간의 법칙?
아니, 1분의 법칙!

전무후무한 능력이 수에게 강림하다!
맨주먹 하나로 시작한 수의
인생역전이 시작된다!

Book Publishing CHUNGEORAM

WWW.chungeoram.com

한량 아버지를 뒷바라지하며
호시탐탐 가출을 꿈꾸던 궁외수.

어린 시절 이어진 인연은
그를 세상 밖으로 이끄는데……

"내가 정혼녀 하나 못 지킬 것처럼 보여?"

글자조차 모르는 까막눈이지만,
하늘이 내린 재능과 악마의 심장은
전 무림이 그를 주목하게 한다.

"이 시간 이후 당신에겐 위협 따윈 없는 거요."

무림에 무서운 놈이 나타났다!